中国梦·红色经典电影阅读

打击侵略者

张照富 改编

中华工商联合出版社

图书在版编目（CIP）数据

打击侵略者 / 张照富，严铠改编 . —北京：中华
工商联合出版社，2013.7

ISBN 978-7-5158-0602-0

Ⅰ.①打… Ⅱ.①张…②严… Ⅲ.①中篇小说—中
国—当代 Ⅳ.①I247.5

中国版本图书馆 CIP 数据核字（2013）第 157946 号

打击侵略者

改　　编：	张照富　严　铠
策　　划：	徐　潜
责任编辑：	魏鸿鸣　徐彩霞
封面设计：	赵献龙
责任审读：	郭敬梅
责任印制：	迈致红
出版发行：	中华工商联合出版社有限责任公司
印　　刷：	天津海德伟业印务有限公司
版　　次：	2014 年 3 月第 1 版
印　　次：	2018 年 4 月第 2 次印刷
开　　本：	710mm×1000mm　1/16
字　　数：	165 千字
印　　张：	15
书　　号：	ISBN 978-7-5158-0602-0
定　　价：	29.80 元

服务热线：010—58301130

销售热线：010—58302813

地址邮编：北京市西城区西环广场 A 座
　　　　　　19—20 层，100044

http：//www.chgslcbs.cn

E-mail：cicap1202@sina.com（营销中心）

E-mail：gslzbs@sina.com（总编室）

编委会

演职员表

导　　演：华　纯
编　　剧：曹　欣　郑　洪
摄　　影：杨昭仁
美术设计：姜振奎
录　　音：李　彦
作　　曲：傅庚辰
配　　乐：傅庚辰
演　　唱：上海合唱团
演　　奏：上海电影乐团
指　　挥：陈传熙

金哲奎 …………………………………………………… 张勇手
丁大勇 …………………………………………………… 张　良
金玉善 …………………………………………………… 华文莲
周大个 …………………………………………………… 黄邦瑞
慰问团梅团长 …………………………………………… 胡子惠
李军长 …………………………………………………… 李　炎
方政委 …………………………………………………… 胡晓光
崔　凯 …………………………………………………… 于纯棉
小豆豆 …………………………………………………… 黄焕光
金大爷 …………………………………………………… 石存玉

剧情说明

1950 年 6 月 25 日，朝鲜战争爆发。1950 年 10 月 8 日，朝鲜政府请求中国出兵援助。中国根据朝鲜政府的请求，作出"抗美援朝、保家卫国"的决策，迅速组成中国人民志愿军入朝参战。这个故事就发生在《朝鲜停战协定》签订前的 1953 年初夏。此时，美国侵略者在朝鲜战场集结大批兵力，妄图发动新的进攻。

为粉碎敌人的阴谋，中国人民志愿军总部命令某部李军长率部队立即出发。天亮以前，部队按规定时间到达指定位置，经过对附近地形的侦察，发现从我军阵地到敌人前沿三面都是雷区，只有正面 800 米开阔地，无遮无挡也是最大的障碍。因此，军部命令崔凯副团长带领一个加强营先潜伏在 800 米开阔地，待炮火攻击开始，迅速穿插到敌人后方。

出发前，祖国慰问团带着祖国人民的期望，前来慰问志愿军将士。李国栋军长见到慰问团分团长梅嫂子激动万分。原来梅嫂子的丈夫梅国梁是李军长的战友，在井冈山反围剿战斗中为了掩护战友转移英勇牺牲，留下妻子和儿子。妻子梅嫂子为了跟随大部队继续革命，将两岁的儿子寄养在老乡丁大伯家。后来丁大伯为了掩护这个红军的孩子，而把自己的孙子交给了敌人，最后孙子被敌人杀害。

当李军长得知梅国梁的儿子就是自己身边的战士丁大勇时，决定让丁大勇不要参加这次穿插任务，陪母亲走一走。梅嫂子坚持让儿子跟部队上前线，并勉励丁大勇要狠狠打击敌人。

崔副团长率加强营连夜赶到敌人白虎团附近的山坡下，他们要在敌人的眼皮底下，潜伏二十多个小时而不能让敌人发现，等待主力部队炮火开始攻击，将敌人一网打尽。潜伏中，敌人的炮弹打着了潜伏区的蒿草。执行任务的丁大勇为了整个潜伏部队的安全，以坚强的毅力战胜了烧伤的疼痛，坚持到大部队炮火开始攻击。丁大勇忍着伤痛，继续参加战斗。

在朝鲜人民军地下工作者尹玉善的协助下，出其不意地歼灭了伪主力军白虎团的指挥所，救出了被捕的朝鲜游击队长金哲奎和其他朝鲜群众。紧接着，他们又插入鹰峰，截断敌人退路。在战斗最艰苦的时候，崔凯身负重伤，阵地上只剩下丁大勇、尹玉善和金哲奎三个人。

在弹尽粮绝的危急关头，我志愿军和朝鲜人民军的主力部队及时赶到，把敌人全部消灭在鹰峰脚下。

序

曾经，拾起过草地上被吹落的发黄的银杏叶，夹在了日记里，再打开时，记住了那个秋天里青春的憧憬；

曾经，哼起过电台里被播放的欢快的流行曲，抄在了笔记上，再打开时，记住了那段岁月里相伴的愉悦；

曾经，流连过影院里被放映的精彩的故事片，存在了脑海中，再打开时，记住了那些回味里温暖的片段；

我们的曾经，是记忆的积累，留不住岁月，却留住了记忆。翻开日记时，银杏的纹络依然清晰，打开笔记时，歌词的墨迹仍然青涩。那些往事都留住了，只是在某个时刻，突然想起了那部电影，多少却有些浅忘，因为我们的笔记本里承载不了那么多的信息，只能记在脑海里，在岁月的洗涤中淡却了一些章节。

我们一直致力于电影连环画在读者中的普及，十年间制作了数百本电影连环画，发行量近百万册，在读者中建立了良好的口碑并取得了积极的社会效应。今天，我们将那些存在我们记忆深处的经典电影以图文版的形式制作成册，让我们重新回味那脍炙人口的故事，再度拾起从前那观看电影的快乐时光。

抬一把凳子，再也找不到露天电影；下一段视频，却没有充裕的时间观看；那么，就躺在床上，翻开这一本本图文本，将故事延续到梦里——记得那时年少，记得那时年轻，记得那时……

　　枕边，这一册册的电影图文本，还有一摞摞的日记和笔记本，都是我们记忆中的音符，目光触及时，在心里流淌成歌，相伴过的曾经，把美好的记忆延续到永远。

赵刚

2014 年 3 月 6 日

目　录

第一章

李军长前线视察

1950年6月25日，朝鲜战争爆发。6月27日，美国政府宣布出兵朝鲜，实行武装干涉，发动对朝鲜的全面战争，并派遣海军第七舰队入侵台湾海峡，公然干涉中国内政。随后，美国操纵联合国安理会通过决议，使其军事行动"合法化"。美军不顾中国政府的多次警告，越过"三八线"，直逼中朝边境的鸭绿江和图们江。

1950年9月15日，美军第10军于朝鲜半岛南部西海岸仁川登陆，朝鲜人民军腹背受敌，损失严重，转入战略后退。1950年9月30日，周恩来发表讲话，警告美国："中国人民决不能容忍外国的侵略，也不能听任帝国主义者对自己的邻人肆行侵略而置之不理。"但是麦克阿瑟认定中国不敢出兵与美国对抗，所以美国不顾中国政府的多次警告，1950年10月1日美军越过北纬38°线（简称"三八线"），1950年10月19日占领平壤，企图迅速占领整个朝鲜，同时，美国飞机多次侵入中国领空，直接威胁到新中国的国家安全，战火即将烧到鸭绿江边。1950年10月8日，朝鲜政府请求中国出兵援助。中国根据朝鲜政府的请求，作出"抗美援朝、保家卫国"的决策，迅速组成中国人民志愿军入朝参战。

中国人民志愿军入朝作战，以国内人民的坚决支持和拥护为坚强后盾。1950年11月4日，中国共产党与各民主党派发表联合宣言，号召全国人民积极行动起来，支援抗美援朝战争。此后，全国迅速掀起了大规模的抗美援朝宣传教育运动，极大地增强了中国人民的民族自尊心和自信心，坚定了中朝人民必胜、美国侵略者必败的信念。毛泽东同志指出："我们是要和平的，但是，只要美帝国主义一天不放弃它那种蛮横无理的要求和扩大侵略的阴谋，中国人民的决心就是只有同朝鲜人民一起，一直战斗下去。这不是因为我们好战，我们愿意立即停战，剩下的问题待将来去解决。但美帝国主义不愿意这样做，那么好罢，就打下去，美帝国主义愿意打多少年，我们也就准备跟它打多少年，一直打到美帝国主义愿意罢手的时候为止，一直打到中朝人民完全胜利的时候为止。"

到 1951 年 5 月下旬，中朝军队一起连续进行了 5 次战役，歼灭敌人 23 万人，把敌军从鸭绿江边赶回"三八线"附近，迫使其由战略进攻转入战略防御。1951 年 6 月 30 日，美国被迫接受苏联提出的关于和平解决朝鲜问题的决议，要求与朝中方面举行谈判。谈判于 1951 年 7 月 15 日在开城举行，后来改在板门店举行。到 1953 年 7 月 27 日《朝鲜停战协定》签订，谈判历时 2 年零 17 天。谈判时断时续，整个过程交织着战场与谈判会场相互影响的激烈斗争。美国始终抱着不愿平等协商的态度，每当在谈判桌上达不到目的的时候，就在战场上搞军事冒险，先后发动了"夏季攻势"、"秋季攻势"，1952 年 10 月，美国又片面中断谈判，向上甘岭阵地发起大规模进

☆一辆军用吉普车在曲折蜿蜒的傍山小路上疾驰，敌人的炮弹不时地在附近爆炸，连续升起了尘土和硝烟。

攻，但又以惨痛失败而告终。

这个故事就发生在《朝鲜停战协定》签订前的 1953 年初夏。此时，美国侵略者在朝鲜战场集结大批兵力，妄图发动新的进攻。我中国人民志愿军也在积极应对敌人的进攻。

一辆军用的吉普车在曲折蜿蜒的傍山小路上疾驰，敌人的炮弹不时地在附近爆炸，连续升起了尘土和硝烟。

吉普车躲过敌人的轰炸，在一座岩壁陡峭的山脚下停了下来，待吉普车停稳后，从车上下来一个人，他就是中国人民志愿军的一位军长，叫李国栋，看上去有四十岁左右的样子，中等身材。李国栋穿着一身志愿军的军装，头上戴着军帽，下了车以后，跟随着他的勤务兵也跟着下来了，只见李军长朝前走了几步停了下来，目光向远处的山坡上望去。

☆吉普车躲过敌人的轰炸，在一座岩壁陡峭的山脚下停下来，从车上下来的是中国人民志愿军的一位军长，他叫李国栋。李军长下车走了几步停下来，目光向远处的山坡望去。

只见山坡上有三个志愿军战士，在弹坑累累的土地上拉着犁，

一位朝鲜的老大爷在后面扶着犁，还有一个十七八岁的姑娘在后面
细心地点种，远处还不时传来隆隆的炮弹爆炸声。

☆只见山坡上有三个志愿军战士，在弹坑累累的土地上拉
　犁，一个朝鲜老大爷在后面扶犁，还有一个十七八岁的姑
　娘在细心地点种，远处不时传来隆隆的炮弹爆炸声。

☆李军长向他们走过来，高声地说："你们可真行啊！在敌
　人的炮火下面种庄稼，可要注意一点了。"说完和大家打
　招呼，并与朝鲜老人金大爷握手说："老大爷，您好！"

李军长朝着他们走过来了，高声地对他们说："你们可真行啊！在敌人的炮火下面种庄稼，可要注意一点了。"李军长热情地和大家打着招呼。

大家见李军长来了，都停下了手中的活计。李军长握着朝鲜老人金大爷的手，热情地说："老大爷，您好！"

金大爷握着李军长的手，激动地说："您好。"

一位志愿军战士站在李军长的跟前，对李军长说："放心吧，军长，我们摸着敌人打炮的规律了，他们打不到这儿。"说话的小伙子是团侦察排一班班长丁大勇。

李军长看着远方，随后转过身来，问丁大勇："哎，你们崔副团长呢？"

☆这时，一个志愿军战士对李军长说："放心吧，军长，我们摸着敌人打炮的规律了，他们打不到这儿。"说话的小伙子是团侦察排一班班长丁大勇。李军长又问他："你们崔副团长呢？"

丁大勇指了指前方，对李军长说："崔副团长正在一营检查坑道作业。"说完，俩人都朝着崔副团长的方向看去。

丁大勇问李军长："找他吗？"

李军长思索了一下，这才说："找他一下。"

丁大勇点点头，说："好。"说完转身刚想要去找崔副团长，有个上身穿着带有"保家卫国"四个大字背心的小战士马上上前，抢着说："我去。"没等李军长和丁大勇说话，那个小战士就捡起地上的衣服，一溜烟地跑远了。

☆丁大勇回答说："崔副团长正在一营检查坑道作业。"李军长说要找他，那个小战士马上抢着说："我去。"说完捡起地上的衣服，一溜烟地跑远了。

李军长看着那个小战士远去的背影，笑着说："这小家伙倒是很机灵啊！"

丁大勇走几步，来到李军长的跟前，微笑着对李军长说："这是我们侦察班的机灵鬼，他叫小豆豆，执行任务总是走在前面。"

李军长听完丁大勇的介绍，心里非常满意，面带微笑看着丁大勇夸奖那个小战士："好哇！侦查员就是要有这个机灵劲儿。"

李军长转过身来又走到另一个战士跟前，举起拳头，用拳头敲

了敲他的肩膀，微笑着问他："是不是呀，大个子？"

☆李军长看着他的背影笑着说："这小家伙倒挺机灵啊！"丁大勇对军长说："这是我们侦察班的机灵鬼，他叫小豆豆，执行任务总是走在前面。"李军长夸奖说："好哇！侦察员就是要有这个机灵劲儿。"

☆李军长转过身又走到另一个战士跟前，用拳头敲了敲他的肩膀，问他："是不是呀，大个子？"大个子战士姓周，他憨笑着回答："是。"

　　这个大个子战士姓周，他听了李军长的问话，面带微笑看着李军长憨厚地回答："是。"说完俩人都呵呵笑了起来。大个子战士的上身也穿着胸前写着"保家卫国"四个大字的白色的背心。

　　金大爷看着李军长他们，对自己的女儿金玉善说："去烧水去。"

　　金玉善点点头，说："唉。"说完，她就立刻去烧水了。

　　随后，金大爷来到李军长跟前，恳切地说："首长，先请到家坐吧。"说着，他伸开自己的右手给李军长指着路。

☆金大爷让女儿玉善回去烧水，玉善应声走了。他走到李军长面前说："首长，先请到家坐吧。"李军长点头随金大爷去了。

　　李军长听了以后，转头朝着后面看了看，随后对金大爷说："走吧。"于是，他就随着金大爷到金大爷的家里去了。

　　金大爷的家就在山坡下，是个半掘开式的房子，家里没有凳子，周大个找到了一块大青石头，搬过来，对李军长说："军长，请这儿坐吧。"

　　李军长看周大个搬着大石头过来了，赶紧走过去，伸开双手也帮着搬，微笑着说："嗨！"等周大个把石头放下来，李军长边拍着自己的双手，边看着周大个微笑着说："你的力气可真是不小哇！"

周大个听了李军长的夸奖，微笑地看着李军长说："力气是不小啊，就是没有地方去使啊。"

李军长听着周大个的话，就知道周大个这是想上前线打仗，就微笑着说："看到前面有仗打，又眼红了不是？"

☆金大爷的家在山坡下，是个半掘开式的房子，没有凳子，周大个搬来一块大青石，让李军长坐。李军长笑着说："你的力气可真不小哇！"周大个回答军长说："力气是不小啊，就是没地方去使啊。"李军长说："看到前面有仗打，又眼红了不是？"周大个说："军长，把我们这个团调上去吧，狠狠地揍他一顿，让他乖乖的在我们面前低下头来。"

周大个见自己的这点心思又让李军长给猜透了，就微笑地看着李军长说："军长，把我们这个团调上去吧，狠狠地凑他们一顿，让他们乖乖在我们面前低下头来。"周大个本来还不敢给李军长说这个，还想拐着弯说，结果一说话就被李军长的火眼金睛给看出端倪来了，索性硬着脑袋就直接向李军长请缨了。

站在周大个身后的丁大勇，见周大个都给李军长说了，也不担心了，等周大个说完，也上前两步，看着李军长恳切地说："是啊，李军长，把我们调上去吧。"

李军长听了以后，看着他们俩说："怎么有战斗情绪了？啊？"他们俩相视一笑，没有说话。

金大爷和他的女儿玉善给大家把水端过来了，李军长指着他们俩说："坐，坐，坐。"说着三人都坐了下来。

李军长坐下来，看着他们俩问道："你们的战前准备工作做得怎么样？"

等李军长问完，周大个和丁大勇都赶紧站了起来，丁大勇看着李军长连忙回答道："准备得可细致了，连过河、越沟，上山、下山，走斜披、陡坡，怎么抬脚、怎么落脚，都一分一秒地计算好了。"

☆李军长坐下来，问他俩："你们战前的准备工作做得怎么样了？"丁大勇回答说："准备得可细致了，连过河、越沟，上山、下山，走斜坡、陡坡，怎么抬脚、怎么落脚，都一分一秒地计算好了。"

丁大勇喘了一口气，接着给李军长说："我们还学会了使用八种以上的武器，五种攻势的打法，做到心里有底，两眼雪亮。"

李军长听了以后，点了点头说："哦。"

丁大勇还接着向李军长表明了战士们的决心："我们坚决响应领导的号召，上级指到哪里，我们坚决打到哪里。"

☆丁大勇喘了口气，接着说："我们还学会了使用八种以上的武器，五种攻势的打法，做到心里有底，两眼雪亮。我们坚决响应领导的号召，上级指到哪里，我们坚决打到哪里。"

李军长听了丁大勇说的话，知道了战士们这些天来一直为战前做的准备工作，还有透过就是这次简单的谈话，了解了战士们的想法。李军长心里非常高兴，点了点头说："好哇！"

从丁大勇开始说话，李军长的目光就一直没有离开丁大勇，好像从他的身上发现了什么似的。李军长看着丁大勇突然问道："你是什么地方人？"

丁大勇听了以后，连忙回答道："江西。"

李军长接着问："哪个县的？"

丁大勇看着李军长，认真地回答道："兴国。"

听到丁大勇说的地方以后，李军长连忙站了起来。"兴国"这个地方李军长可是太熟悉了。

☆李军长听了丁大勇的话，非常高兴地说："好哇！"李军长的
目光一直没有离开丁大勇，好像从他身上发现了什么似的。
他突然问道："你是什么地方人？"丁大勇回答："江西。"
"哪个县的？"丁大勇又回答："兴国。"

兴国县位于江西省中南部、赣州市北部，是全国著名的苏区模
范县、红军县、烈士县和誉满中华的将军县。毛泽东、朱德、周恩
来、陈毅等老一辈无产阶级革命家都曾在这里工作和战斗过。苏区
时期，全县 23 万人口，参军参战的就达 8 万多人，为国捐躯的达 5
万多人，全县姓名可考的烈士达 23179 名，长征路上几乎每一公里
就有一名兴国籍将士倒下。

李军长伸出右手指着丁大勇又接着问道："你叫什么名字？"

丁大勇这一下被问糊涂了，心里想着自己刚才已经告诉他自己
叫什么了，怎么又问呢？但是李军长已经问自己了，自己又不能不
回答。丁大勇一脸诧异地连忙答道："我叫丁大勇。"

李军长听了丁大勇的回答以后，摆了摆手，微笑着走向了一边，
自言自语地说："不对，不对。"

丁大勇见李军长听到自己说出的名字后，竟然是这样的表情，

就急了，连忙又说："没错，我是叫丁大勇。"

李军长笑了笑，向丁大勇解释说："不，我不是说这个。"

☆李军长站起来用手指着丁大勇又问："你叫什么名字？""丁
大勇。"李军长摆摆手，自言自语地说："不对，不对。"丁
大勇一听急了："没错，我是叫丁大勇。"李军长笑了笑，向
他解释说："不，我不是说这个。"

丁大勇根本就不知道李军长这话的意思，李军长也确定自己可
能是认错了人。从李军长一直追问丁大勇这件事来看，李军长所问
的这个人肯定是对他以后产生了很大影响的一个人。

李军长来到丁大勇的跟前，一脸的严肃，意味深长地对丁大勇
说："我有个老战友，也是兴国人，是他带我参加革命的。在反围
剿的战斗中，为了掩护战友转移，他英勇牺牲了，留下爱人和一
个孩子，这孩子要是在的话，跟你的岁数差不多。不过，他不
姓丁。"

丁大勇单从李军长介绍这个人的表情来看，就知道这个人对李
军长的恩情不小。丁大勇听了以后，也被那位前辈的举动给震撼住
了，于是他看着李军长连忙问道："他姓什么？"

☆李军长对丁大勇说："我有个老战友，也是兴国人，是他带我参加
革命的。在反围剿战斗中，为了掩护战友转移，他英勇牺牲了，留
下爱人和一个孩子，这孩子要在的话，跟你的岁数差不多。不过，
他不姓丁。"

　　李军长看着丁大勇一字一句地说："姓梅，叫梅国良。"

　　丁大勇听了以后，惊讶地睁大了自己的眼睛，自言自语道："梅
国良？"

　　李军长看着丁大勇一脸惊诧的表情，接着说："是啊，梅国良是
一个很好的同志，真称得起人民的英雄，伟大的战士啊，我们应当
很好地向他学习。"

　　丁大勇听完李军长的介绍后，很受感染，看着李军长，两眼露
出坚毅的神色，坚定地说："是，我一定学习老一辈的革命精神，做
人民的好战士，可我为朝鲜人民做的事情太少了。"

　　正在这时，金玉善把烧好的水，送出来了，金大爷正从玉善的
手里接着水碗，听着丁大勇说的话，金大爷连忙说："不！"随后金

☆丁大勇马上问："他姓什么?"李军长说："姓梅,叫梅国良。"丁大勇惊讶地睁大了眼睛,自语道："梅国良?"李军长又说："梅国良是一个很好的同志,真称得起人民的英雄,伟大的战士啊,我们应当很好地向他学习。"丁大勇坚定地回答："是,我一定学习老一辈的革命精神,做人民的好战士,可我为朝鲜人民做的事情太少了。"

大爷将手里的水碗递给了李军长,对李军长说:"给,喝水!"

金大爷来到丁大勇的跟前,对丁大勇他们肯定地说:"为了打击美国强盗,你们付出了多大的牺牲啊,你们在前方打仗是英雄,在后方种地也是英雄。"

丁大勇见金大爷这样客气,指着前面的庄稼地说:"金大爷,这都是我们应该做的,我们在家里头也是一样种地。"

金大爷听了丁大勇说的话以后,并不赞同他的说法,用手指着远处的山坡说:"哎!这可不一样,美国鬼子向全世界吹嘘说,朝鲜被他们炸成焦土了,可是我们呢,就在这片焦土上翻地、下种、过日子。"

☆金大爷端了一碗水给李军长，插话说："不！为了打击美国强盗，你们付出了多大的牺牲啊，你们在前方打仗是英雄，在后方种地也是英雄。"丁大勇说："这都是我们应该做的，我们在家里头也是一样种地。"

☆金大爷听了，用手指着远处的山坡说："哎！这可不一样，美国鬼子向全世界吹嘘说，朝鲜被他们炸成焦土了，可是我们呢，就在这片焦土上翻地、下种、过日子。"

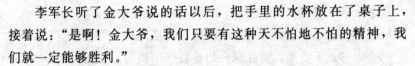

　　李军长听了金大爷说的话以后，把手里的水杯放在了桌子上，接着说："是啊！金大爷，我们只要有这种天不怕地不怕的精神，我们就一定能够胜利。"

　　金大爷听了李军长说的话以后，觉得很有道理，于是点了点头说："嗯。您说得太好了。"

　　恰在此时，金玉善又给他们送水来了。金大爷对他们说："请坐。"

　　李军长看见金大爷的女儿出来了，就转过头来，看着金大爷问："金大爷，你有几个孩子啊？"

　　金大爷看着李军长回答道："两个。"金大爷指着站在不远处的女儿说："她叫玉善。"

　　金玉善等自己的爹爹给李军长介绍完自己，就上前和李军长打了个招呼，继续去忙活了。

　　☆李军长接着说："是啊！金大爷，我们只要有这种天不怕地不怕的精神，我们就一定能够胜利。"李军长又问金大爷有几个孩子。金大爷回答："两个，她叫玉善，还有个儿子叫哲奎，在南边。"丁大勇告诉军长说："金大爷的儿子在南边游击队当队长呢。"

金大爷接着说："我还有个儿子叫哲奎，在南边。"

李军长听了以后，带着一脸的疑惑，反问道："南边？"

金大爷点了点头，意味深长地看着李军长说："嗯。"

丁大勇知道李军长这是没有明白金大爷说的"南边"是什么意思，就走上前来，给李军长解释道："军长，金大爷的儿子在南边游击队当队长呢。"

李军长听了丁大勇的解释后，这才明白金大爷说的"南边"是什么意思。李军长转过脸来，看着金大爷，微笑着说："哦，好哇！"说完，他看着金大爷呵呵地笑了起来。

金玉善从屋里拿出一张被烟熏得发黄的相片朝着李军长他们走来，走到李军长的跟前，一边指着相片上的人一边介绍说："首长，这就是我哥哥。"

☆这时，金玉善从屋里拿出一张被烟熏得发黄的相片来，走到李军长跟前，一边指着相片上的人一边介绍说："首长，这就是我哥哥。"

李军长顺着金玉善手指的方向看过去，在照片上，金玉善的哥哥金哲奎是个很英俊的小伙子。照片上有六个人，分两排。金玉善的哥哥站在第二排的中间，前后两排各有三个人。

　　见金玉善拿着相片来到了李军长的跟前，他们知道金玉善这是要让李军长看他们家的全家福。丁大勇和周大个等战士也都围拢了过来，纷纷伸长了脑袋朝着金玉善手指的地方看去。金玉善介绍完自己的哥哥，又指着照片上前排最右边的一个慈祥的老大娘说："这是我妈妈。"说着，金玉善陷入了深深的回忆之中。随后，金玉善又接着说："我妈妈和嫂子让美国飞机炸死了。"金玉善的眼睛里含着仇恨和悲痛，回忆着当时被炸的情景，眼里含着泪花说："全家烧得只剩下这张照片了。"

☆丁大勇和周大个等战士都围拢过来。玉善又指着相片上的一位慈
　祥的老大娘说："这是我妈妈，我妈妈和嫂子让美国飞机炸死
　了。"金玉善的眼睛里含着仇恨和悲痛，回忆着当时被炸的情景，
　眼里含着泪花说："全家烧得只剩下这张照片了。"

　　李军长、丁大勇和周大个等战士们听了金玉善的介绍，都不禁严肃了起来，知道了这一家在美帝国主义侵略的时候所经受的痛苦。

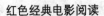

　　金大爷眼里含着泪花，愤怒地说："美国鬼子就是这样杀害了我们成千上万的朝鲜人民，他们所犯下的滔天罪行，朝鲜人民是永远不会忘记的！"金大爷一边说着，一边把握紧的拳头愤怒地举了起来。

☆金大爷愤怒地说："美国鬼子就是这样杀害了我们成
　　千上万的朝鲜人民，他们所犯下的滔天罪行，朝鲜
　　人民是永远不会忘记的！"

☆丁大勇和周大个等战士们，满怀着对敌人的仇恨，
　　像是对金大爷保证地说："金大爷，我们一定狠狠打
　　击美国鬼子，为你老人家报仇，为朝鲜人民报仇！"

战士们听了金大爷家的遭遇以后，都非常愤怒。丁大勇和周大个等战士，满怀着对敌人的仇恨，对金大爷保证似的说："金大爷，我们一定狠狠地打击美国鬼子，为你老人家报仇，为朝鲜人民报仇！"

听这些可爱、可敬的志愿军说完，金大爷满脸感激地说："对！"金大爷紧握着拳头，坚定而有力地对着大家说："仇一定要报，美国鬼子炸毁了我们的城市和乡村，但是，他吓不倒朝鲜人民，在刺刀大炮面前，朝鲜人民不会屈服，就是打得只剩下一个人，我们也要战斗到底！"

☆"对！"金大爷紧握着拳头，坚定而有力地说："仇一定要报，美国鬼子炸毁了我们的城市和乡村，但是，他吓不倒朝鲜人民。在刺刀大炮面前，朝鲜人民不会屈服，就是打得只剩下一个人，我们也要战斗到底！"

李军长听完金大爷坚定而有力的讲话，也紧握着拳头说："对。这个仇咱们一定要报！"李军长走近了金大爷几步，接着对金大爷说："美帝国主义一天不停止侵略，我们就一天不停止战斗。他愿意打多少年，我们就跟他打多少年。胜利最终是属于我们中朝两国人民的。"

☆李军长对金大爷说："是的，美帝国主义一天不停止侵略，
我们就一天不停止战斗，他愿意打多少年，我们就跟他打多
少年，胜利最终是属于我们中朝两国人民的。"

正在这时，小豆豆把崔凯副团长给找来了。

"报告！"崔副团长向军长立正敬礼。

李军长转身一看，是副团长崔凯，就说："哦，崔凯同志。"

崔凯连忙上前一边和李军长握手，一边说："军长！"和李军长
握完手，崔凯转身微笑着看着金大爷说："金大爷！"他伸出双手和
金大爷紧紧地握在了一起。

随后李军长握着金大爷的手，微笑着看着金大爷，对金大爷说：
"金大爷，我们还有点事，回头再来看你老人家。"说完李军长就和
崔凯转身走了。

周大个跟在李军长和崔凯的后面走着，丁大勇并没有紧跟在他
们的后面，而是站在那儿看着他们远去的背影陷入了沉思。

李军长一边走着，一边和崔凯说："对敌人不要存任何的幻想，
他们口口声声地喊和平谈判，实质上呢，是妄图扩大侵略战争。"

☆这时，小豆豆把崔凯副团长找来了。"报告！"崔副团长
向军长立正敬礼，并和军长和金大爷握手。军长对金大
爷说："金大爷，我们还有点事，回头再来看你老人
家。"说完就和崔凯走了。

来到临时指挥部，李军长坐了下来。崔凯给李军长倒了一杯水，
然后说："战士们早就识破了敌人的欺骗阴谋。"

李军长点了点头说："嗯，要提高警惕啊！不能上敌人的当！"
李军长喝了一口水，站起来指着墙上的军事地图接着说："最近呐，
美帝国主义和匪帮在金城一线集结了大批的兵力，妄图对我们发动
新的进攻。"

崔凯听了以后，笑着说："我看，他这是作垂死的挣扎！"

李军长听了以后，接着说："哼！敌人越是接近死亡，就越要疯
狂！我们要坚决粉碎敌人的进攻阴谋。指挥部命令我们军参加这次
反击，你们要马上准备行动。"

崔凯听了以后，看着李军长问："什么时候出发？"

李军长接着说："今天晚上，天亮之前到达指定的位置。"看崔
凯沉默了，李军长关切地问道："有什么问题吗？"

崔凯认真地对李军长说："没有，战士们早就憋足了劲。"

红色经典电影阅读

第二章

金哲奎敌前受审

正在这时，外面的天空中又有大批的美军飞机飞过。地面上有大批的伪军在集结，一辆吉普车停了下来，上面站着的是美军的指挥官布洛克上校，他指着另外一个战士使劲地比划着，示意让他们加速前进。下达完命令，指挥车继续开走了。

　　晚上，发报机前，伪军一位女兵正在发报，旁边的伪军团长一边让理发师给理着发一边说着发报的内容："必须在二十四时前到达。到达指定位置以后，立即进行即投宣誓。誓死北进！"

　　恰在此时，理发师已经给伪军团长白昌璞理好发，拿着一面镜子让他看着。

　　门口有人喊："报告！"

　　伪军团长说："嗯！进来！"

　　那个伪军走进来，对伪军团长说："团长大人，我们抓到一个越境的奸细！"

　　伪军团长听了以后，说："哦，带进来。"随后那个伪军出去了。理发师把围在伪军团长脖子里的白色东西拿掉，给他打扫着碎头发。等清理完毕，伪军团长站了起来，有随从过来帮他把军装穿上。随后伪军团长回到座位上，随从将刚才理发时坐的椅子挪开，接着把帘子拉开，奸细被带进来了。

　　奸细进来，看到了正在发报的女兵，她满脸惊讶。

　　这一切白昌璞都看在了眼里，白昌璞看着她一脸严肃地问道："嗯？小姐，怎么了？"

　　那位女兵看着团长说："哦，把人打成这样。"

　　白昌璞听了以后，呵呵地笑了起来，看着那位女兵说："你慢慢就会习惯的，小姐。对付共产党，就得有对付共产党的样子嘛。"说完，他又笑了起来。

奸细看着发报的那位伪军女兵说："小姐，胆小鬼是上不了战场的！"

那位女兵听了以后，咬牙切齿地说："放心吧，我会用鞭子抽你的。"

奸细听了以后，坚定而有力地说："哼！朝鲜人是从来不怕鞭子的！"

白昌璞看着奸细大喊道："住嘴！"随后，团长又问那个伪军："究竟是怎么回事啊？"

那个伪军上前，对白昌璞说："他冒充我们的人，想从阵地上溜过去。逮他的时候啊，还打伤了我们的几个弟兄。"

随后，伪军从兜里掏出来一个胶卷对他说："这是从他身上搜出来的胶卷。"

说完，他把胶卷放在了团长的桌子上。那位女兵也注意到了。伪军朝着后面退了一步，接着说："团长大人，他就是我们要抓的那个游击队队长金哲奎。"

白昌璞听了以后，惊讶地站了起来，有一些不敢相信地说："什么？金哲奎？"

白昌璞转身拿起了架子上的军刀，来到了金哲奎的面前，恶狠狠地看着他，把刀重新插了进去，愤怒地说："畜生！你烧毁了我的油库！袭击了我的运输队！我得好好地给你算算这笔账！"说完，他就急呼呼地走回了座位，愤怒地说："准备记录！"

白昌璞从抽屉里拿出来一个小本子，放在了面前的桌子上。

金哲奎看着白昌璞义正词严地说："账自然是要算的。"随后金哲奎走到白昌璞的桌子边，看着他说："从你当日本宪兵到现在，你用了多少残酷的手法，杀害了多少无辜的人民，你不害怕有一天人民要跟你算这笔账？"

白昌璞看着金哲奎愤怒地说："你胡说！"

金哲奎看着他继续说："你为什么不承认这是事实呢？"

白昌璞站起来使劲地把手砸在了桌子上，看着金哲奎愤怒地说："你这是在审问我吗？畜生！"随后，他绕过桌子，来到金哲奎的跟面，对金哲奎威胁道："我想你是知道的，我是什么性格的人！"

金哲奎听了以后，把头扭向了一边。白昌璞也转到了金哲奎这边，接着厉声说："我是不能同你们共产党在一个地球上生活的。不杀尽你们，不到鸭绿江边去饮我的战马，我是死不瞑目的！"

金哲奎看着愤怒的白昌璞，镇定地说："哼！我不怀疑你有这种性格。"

白昌璞听了以后，愤怒地扭向了一边"哼"了一声。

金哲奎走近了白昌璞说："当全世界人民都渴望朝鲜停战的时候，你们却在阴谋扩大战争，你愿意承认这一点吗？"

白昌璞看着金哲奎说："不许你用这种审讯的口气！"

金哲奎说："对不起，我是有权审问你的。"

白昌璞愤怒地说："什么？"

金哲奎义正词严地说："人民有权审判你！"

白昌璞愤怒地说："现在受审问的不是我，而是你！"说完，他回到了自己的座位上，平静了一下自己的情绪，看着金哲奎说："你老老实实地说出来，说出你越境的任务，说出你的同党！说！"

金哲奎毫不畏惧地说："哼！你好好想一想，从你过去到现在有哪个真正的朝鲜人对你说过什么没有？"

白昌璞接着说："你不说？呵呵，也好，遗憾的是你没有把事情办好啊！"说完，他把桌子上的胶卷拿起来，说："它会把你越境的任务告诉我的。"

白昌璞站起来，对着身边的那位女兵说："快拿去冲洗！看看他究竟偷走了些什么情报！"随后，白昌璞看着金哲奎一脸狞笑地说："很抱歉，你的任务就没有办法完成了！"说完，他将胶卷放在了那位女兵的手里。

金哲奎看着他们，坚定而决绝地说："我不怀疑，我的任务会有人完成。"

那位女兵拿着胶卷走出去了。

正在这时，桌子上的电话响了起来。

白昌璞走上前，拿起了电话，说："哦，是啊！"

电话的另一头说："报告！美军士兵开枪打人，我们已经把机枪架起来了。"

白昌璞听了以后，愤怒地将电话挂上了，大声地说："见鬼！没有一天不闹乱作的！"接着，他又指着金哲奎命令身边的士兵："先把他押起来，等我们进攻的时候再拿他来祭刀！"

说完，白昌璞拿着军刀准备走。还没有走到金哲奎的跟前，金哲奎看着他说："哼！你高兴得太早了！"

白昌璞愤怒地喊道："押下去！"

白昌璞很快就来到了部队的驻地。他走上前，自我介绍道："白虎团团长白昌璞上校。"说着，他将手伸了出来。

美军指挥官也介绍道："布洛克！"

伪军团长白昌璞说："请！"

布洛克上校生气地说："我不是来做客的！"说着，他就朝着一边走了几步，回过头来，接着愤怒地说："你的人堵塞了我前进的道路。我不满意这种混乱的局面。团长先生，这是一种犯罪的行为！"

白昌璞走上前，看着布洛克上校说："上校先生，我的部队是奉泰勒将军的命令，要在午夜二十四时前到达密苏里防线的。"

布洛克上校听了以后，依旧非常生气地说："让你的人给我滚开！"说完，他走向了一边，接着又回头看着白昌璞愤怒地说："你知道你挡在公路上的是谁？这是参加过二次世界大战的英雄！他们奉命要在今天下午五时进入阵地，可是现在还在路上爬！"

伪军团长白昌璞听了以后，说："可是我……"

没等白昌璞说完，布洛克上校接着说："这种行动泰勒将军是不会奖赏我们的！你耽误了他的时间！"

白昌璞听了以后，惊讶地说："我……"

布洛克上校瞪大了眼睛看着白昌璞说："你？"说完气得直转圈。

白昌璞上前接着解释道："上校先生。"

布洛克上校看着白昌璞说："泰勒将军告诉我们：这一次的战斗

是决定性的！决定性的，你懂吗？我们要在共产党还没有准备好的时候，出其不意的突然出现在平壤的大同桥上，让全世界都知道谁是朝鲜的主人！"

白昌璞听了以后，走上前去，说："我……"

没等白昌璞说完，布洛克上校接着说："赶紧停止四一四阵地上的混乱！"

白昌璞接着说："上校先生。"

布洛克上校转过身来，看着白昌璞一字一句地说："这是泰勒将军的命令！"说完从烟盒里拿出来一支烟叨在嘴上。

白昌璞赶紧对他的部下下令："赶紧把路让开！让他们先走！"

伪军士兵们一边答应着，一边赶紧去执行命令了。

布洛克上校上了吉普车，对白昌璞说了一句"祝你健康"就走了。

第三章

尹玉善送来情报

深夜，在宽阔的公路上的一个路口处，一个朝鲜人民军的女战士在指挥着交通。两边是中朝部队的步兵和朝鲜民工，中间是汽车、炮车和坦克在整齐地行进着。

☆深夜，在宽阔的公路上的一个路口处，一个朝鲜人民军的女战士在指挥着交通。两边是中朝部队的步兵和朝鲜民工，中间是汽车、炮车和坦克在整齐地行进着。

李军长走下了指挥车，站在那儿朝着前面看了看，随后他转过头来，看了看后面，问道："是崔凯吗？"

崔凯答应道："军长！"崔凯就来到了李军长的跟前，给军长敬了一个标准的军礼。

李军长走上前，对崔凯说："天快亮了，你们要抓紧时间往前赶，一定要在天亮之前赶到前沿。"

崔凯听了以后，连忙答应道："是。"

李军长接着说："到前沿后，你马上带一个侦察班把敌情搞清楚，看好地形，做好插入敌后的准备工作。"

崔凯回答了一声"是"，敬了一个军礼，然后转身跑步离去。

☆李军长走下指挥车，把崔凯叫到身边，对他说："天快亮了，你们要抓紧时间往前赶，一定要在天亮以前赶到前沿。到前沿后，你马上带一个侦察班把敌情搞清楚，看好地形，做好插入敌后的准备工作。"崔凯敬礼道："是！"转身跑步离去。

早晨，在前沿阵地，崔凯和志愿军战士们掩蔽在茂密的草丛中。

一位参谋指着前方对崔凯报告说："副团长同志，左翼有一条小路，可以通往敌人的后方。"

另一位参谋又介绍道："对面就是敌人的所谓米苏里防线，敌人主阵地的核心工事，都修在对面三个山头上，大约有100多个火力点，有部分布雷区。"

参谋接着继续说："从我方阵地前沿到敌人前沿，这片开阔地有800多米。"崔凯听了以后举起望远镜观察了一下前方说："这片开阔地是个很大的障碍啊。"

☆早晨，在前沿阵地，崔凯和志愿军战士们掩蔽在茂密的草丛中。参谋
　指着前方对崔凯报告说："副团长同志，左翼有一条小路，可以通往敌
　人的后方。"另一位参谋又介绍说："对面就是敌人的所谓米苏里防线，
　敌人主阵地的核心工事，都修在对面三个山头上，大约有100多个火
　力点，有部分布雷区。"

☆参谋继续说："从我方阵地前沿到敌人前沿，这片开阔地有800多米。"
　崔凯举起望远镜观察了一下前方说："这片开阔地是个很大的障碍啊。"

站在丁大勇身旁的小豆豆，发现在敌我相持的中间地带的草丛中有人蠕动的迹象，他对身边的班长说："班长，你看。"

　　崔凯也用望远镜观察到了，只见草丛中有一个人向着我方的山头蛇行而来。小豆豆拿出枪想冲出去。崔凯一把拉住他，赶紧说："等等！"

☆这时，站在丁大勇身旁的小豆豆，发现在敌我相持的中间地带的草丛中有人蠕动的迹象，他对班长说："班长，你看。"崔凯也用望远镜观察到了，只见草丛中有一个人向我方山头蛇行而来。崔凯命令丁大勇和周大个前去抓捕。

　　丁大勇又对崔凯说："副团长，我下去看看去。"

　　崔凯想了想说："好！你和周大个一块儿去！注意隐蔽！"

　　丁大勇听了以后，点了点头说："好！"

　　丁大勇随后对小豆豆说："小豆豆，注意监视！"然后，他对周大个使了一个眼色，低声说："大个子，走，咱们走！"

　　周大个点了点头，就跟在丁大勇的身后去了。

　　丁大勇和周大个从陡峭的山岩直奔而下，分兵两路向目标靠近。

　　他俩埋伏在茂密的蒿草中，趁着来人不备，猛地冲上去，将其抓获了。

☆丁大勇和周大个从陡峭的山岩直奔而下，分兵两路向目
　标靠近。

☆他俩埋伏在茂密的蒿草中，趁来人不备，猛冲上去，将
　其抓获。

　　他们将一身伪军装扮的"俘虏"带到了崔凯的面前，说："报告
副团长，抓了个活的。"

　　小豆豆仔细地端详着"俘虏"，对崔凯说："副团长，她是个

女的。"

崔凯看着"俘虏"点点头，说："嗯。"

"俘虏"走上前，赶紧立正报告说："首长同志，我是尹玉善，是自己人啊。"

崔凯听了以后，一脸惊讶地说："哦？自己人？"

尹玉善看着崔凯接着说："首长，我是送情报来的。"

☆他们将一身伪军装扮的俘虏带到崔凯面前，小豆豆端详着"俘虏"，对崔凯说："副团长，她是个女的。""俘虏"赶紧上前立正报告说："首长同志，我叫尹玉善，是自己人啊，我是送情报来的。"

崔凯看着她，接着问道："你打算把情报送到哪儿去呢？"

尹玉善听了以后，看着崔凯说："我要送到3379联络部去。"

崔凯听了尹玉善说的话以后，上下仔细打量了她一番，点点头，说："好。"崔凯转过身来，看着小豆豆。

小豆豆说："崔副团长，公路上部队……"

崔凯看了看手表，转过身来看着尹玉善，接着说："在没有弄清楚你的确实身份之前，按照人民军的规定，在路上得把你的眼睛蒙上啊。"

尹玉善听了以后，微笑着答应道："行啊，行啊，什么都行，只

☆崔凯问她:"你打算把情报送到哪儿去呢?"尹玉善回答说:"我要亲自送到3379联络部去。"崔凯仔细端详了一下尹玉善说:"在没有弄清你的确实身份之前,按照人民军的规定,在路上得把你的眼睛蒙上啊。"

要快。"

崔凯看着她说:"好吧。"

崔凯转身来到丁大勇的跟前,命令道:"丁大勇,用车子把她送到人民军3379部队去,路上要好好照顾她。"

丁大勇听了以后,对崔凯说:"放心吧,副团长。"

☆崔凯转身对丁大勇说:"丁大勇,用车子把她送到人民军3379部队去,路上要好好照顾她。"丁大勇回答说:"放心吧,副团长。"崔凯又说:"完成任务以后,回军部去告诉军长。我弄清了情况,马上就回去汇报。"丁大勇接过小豆豆递过来的一件衣服,带着尹玉善走了。

崔凯随后又对丁大勇说："好吧。完成任务以后，回军部去告诉军长，我弄清了情况，马上就回去汇报。"

丁大勇听了以后，点点头，答道："是。"

小豆豆走过来对丁大勇说："班长。"说着，他递给了丁大勇一件衣服。

丁大勇转身从小豆豆的手里把衣服接过来，走到尹玉善的跟前，说："走吧。"就这样，丁大勇带着尹玉善走了。

丁大勇挎着冲锋枪带着尹玉善，坐在敞篷吉普车的后排座位上，车在公路上疾驰。

尹玉善的眼睛被蒙上了。她听见迎面开过来的坦克的隆隆轰鸣声，激动地问丁大勇："这是我们的坦克吧？"

☆丁大勇挎着冲锋枪带着尹玉善，坐在敞篷吉普车的后排座位上，车在公路上疾驰。尹玉善的眼睛被蒙上了，她听见迎面开过来的坦克的隆隆轰鸣声，激动地问丁大勇："这是我们的坦克吧？声音真大，真好听。"

丁大勇说："是。"

尹玉善听了一阵以后，兴奋地说："声音真大，真好听。"

丁大勇对她说："对。"

尹玉善更加抑制不住自己兴奋的心情，对丁大勇恳求道："同志，让我看一看吧？"说着，她就要用手去摘蒙在眼睛上的黑布。

☆尹玉善更加抑制不住兴奋的心情，对丁大勇说："同志，让我看一看吧？"说着就要用手去摘蒙在眼睛上的黑布。

☆丁大勇马上制止她，严肃地说："别动！你没有听到我们首长说过吗，在没有弄清楚你的确实身份之前，这块黑布是不能取掉的。"
尹玉善很理解地说："是的，是的，司机同志，你快开吧，越快越好。"话刚落音，汽车使劲地颠簸了一下。

丁大勇马上制止她,严肃地说:"别动!你没有听到我们首长说过吗,在没有弄清楚你的确实身份之前,这块黑布是不能取掉的。"

尹玉善听了以后,很理解地说:"是的,是的。司机同志,你快开吧,越快越好。"话刚落音,汽车使劲地颠簸了一下。

丁大勇听着尹玉善说个没完,显然有点不耐烦了,说:"看你,这一路上嚷嚷个没完没了。"

☆丁大勇显然是有些不耐烦了,说:"看你,这一路上嚷嚷个没完没了。"

尹玉善听丁大勇说自己,并没有不高兴,还是显得格外兴奋地说:"同志,我是真憋不住啊!你不知道,我是在敌人窝里工作的,那是个地狱啊!在那儿,我哭不能哭,笑不能笑,不敢说错半句话,也不敢多说一句话。我回到家觉得这一切都是新鲜的,就连一草一木都可亲,我真有说不出来的高兴啊!"

尹玉善接着说:"我早就想,只要我一回到自己人中间,我就要说个没完没了,我要把南朝鲜同胞的苦处,把我回到家里来的欢乐,都说出来,向同志们嚷,向亲人们喊。"

丁大勇听了尹玉善说的话以后,无奈地说:"好吧,等到了指挥

★ ★ ★ ★ ★ 打击侵略者

☆尹玉善还是显得格外兴奋地说："同志，我真憋不住啊！你不知道，我是在敌人窝里工作的，那是个地狱啊！在那，我哭不能哭，笑不能笑，不敢说错半句话，也不敢多说一句话。我回到家觉得这一切都是新鲜的，就连一草一木都可亲，我真有说不出来的高兴啊！"

所，你想怎么说就怎么说吧。"汽车卷着尘土向远方开去。

☆尹玉善接着说："我早就想，只要我一回到自己人中间，我就要说个没完没了，我要把南朝鲜同胞的苦处，把我回到家里来的欢乐，都说出来，向同志们嚷，向亲人们喊。"丁大勇听了她的话无奈地说："好吧，等到了指挥所，你想怎么说就怎么说吧。"汽车卷着尘土向远方开去。

汽车很快就到了人民军的地下指挥所，进了指挥所的大门口，已经能清楚地听到指挥所里发报机发报的声音。

尹玉善眼睛还被蒙着，她只好扶着墙摸索着前进。丁大勇让尹玉善停了下来，给尹玉善摘去了蒙在眼睛上的黑布，然后说："走吧。"

丁大勇和尹玉善顺着甬道往前走。尹玉善欣喜地看着这儿的一切，觉得一切都是那么的新鲜，又是那么的亲切。同志们都在各自的岗位上忙着自己的事情，丁大勇走到了一位女同志的跟前，问道："同志，值班室在哪儿？"

那位女同志抬起头，指着前面对丁大勇说："到了前面往左拐。"

丁大勇客气地说："谢谢！"随后，他来到尹玉善的跟前，指着前面对尹玉善说："向这边走！"

尹玉善在丁大勇的指引下，继续往前走着。走到一个拐角处，尹玉善放慢了脚步，丁大勇指着前面说："这边。"

突然，一个朝鲜姑娘迎面跑了出来，对着丁大勇热情地喊道：

☆到了人民军的地下指挥所，丁大勇给尹玉善摘去了蒙在眼睛上的黑布，他们顺着甬道往里走。突然一个朝鲜姑娘迎面跑了过来，高喊着："大勇同志！你好，你从哪儿来？"大勇一看，原来是金玉善，忙回答她："前沿。"

"大勇同志！你好，你从哪儿来？"

大勇一看，原来是金玉善，忙回答道："前沿。"

恰在此时，金玉善看到了尹玉善，对丁大勇好奇地问："怎么，还抓了个女俘虏？"

尹玉善听了以后，心里有点不是滋味。她见自己人还把自己当作俘虏，就赶紧辩解道："不，我是自己人。"

金玉善上下打量着尹玉善这身伪军装，鄙视地说："自己人？瞧你这身老虎皮。"

☆这时，金玉善看到了尹玉善，好奇地问："怎么，还抓了个女俘虏？"尹玉善赶紧辩解说："不，我是自己人。"金玉善打量着尹玉善这身伪军装，鄙视地说："自己人？瞧你这身老虎皮。"

尹玉善听了这话以后，气愤地把自己身上的伪军上衣和钢盔扯下来，摔在地上，生气地说："我恨死了这身衣裳，再也不穿它了。"

金玉善看了以后，仍然不相信，看着她，说："装得倒像。"

随后，金玉善又看着丁大勇，对丁大勇说："大勇同志。"

☆尹玉善听了这话，气愤地把自己身上的伪军上衣和钢盔扯下
　来，摔在地上说："我恨死了这身衣裳，再也不穿它了。"

　　金玉善担心自己给大勇说的话被那个女俘虏听到，拉着丁大勇
来到一边继续说："告诉你一个好消息，我们的民兵全都归到你们
军了。"

　　丁大勇听了以后，非常高兴地说："太好了！"

　　金玉善高兴地对丁大勇说："咱们前线见。"说完，金玉善就
走了。

　　丁大勇转过身来，高兴地看着金玉善，扬了扬手，说："前线
见，玉善同志。"

　　尹玉善以为是叫自己，赶紧转身朝着丁大勇高兴地答应道：
"嗳。"

　　丁大勇赶紧说："我不是叫你。"丁大勇看着尹玉善接着说："走
吧。"尹玉善在丁大勇的带领下，继续朝着前面走去。

　　金玉善走了。丁大勇带着尹玉善来到人民军值班室。丁大勇站
在值班室门口，喊道："报告！"

　　值班参谋喊道："进来！"

丁大勇走进屋里，说："首长同志。"

值班参谋朝着他们走过来了，没等丁大勇同志说话，只见尹玉善迫不及待地走上前，说："同志，我找 3379 联络部的同志。"

值班参谋听了尹玉善说的话以后，转身看着丁大勇同志问道："她是？"

丁大勇随后告诉值班参谋："是我们崔副团长叫送来的。"说完，丁大勇将尹玉善的枪交给了值班参谋。

值班参谋看着尹玉善问道："你受谁的指示越境的？"

尹玉善听了以后，连忙回答："3182 联络站的金哲奎同志。"

值班参谋上下仔细打量了一下站在自己面前的尹玉善，接着问道："你的职业？"

尹玉善听了以后，回答道："伪首都师白虎团的打字员。"

☆金玉善走了。丁大勇带着尹玉善来到人民军值班室，丁大勇刚要向值班参谋报告，尹玉善迫不及待地走上去说："我找 3379 联络部的同志。"值班参谋又转向丁大勇问道："她是？"丁大勇告诉他说："是我们崔副团长叫送来的。"值班参谋又问尹玉善："你受谁的指示越境的？"尹玉善回答："3182 联络站的金哲奎同志。""你的职业？"尹玉善回答："伪首都师白虎团的打字员。"

值班参谋听了以后，对他们说："好，你们等一会儿。"

丁大勇听了以后，回答道："好。"

值班参谋问完就进去向首长汇报去了。屋子里只剩下了丁大勇和尹玉善他们俩。丁大勇看着尹玉善，指了指尹玉善面前桌子旁的板凳说："请坐。"

尹玉善坐在桌子前，激动地环视着室内的陈设，感到无比的亲切。

☆值班参谋进去向首长报告，尹玉善坐在桌前，激动地环视着室内陈设，感到无比的亲切。

尹玉善在对面的墙上看到了金日成首相的画像，激动地流出了眼泪，低声地呼喊："金首相。"随后她跑到画像的跟前，久久地凝视着。

当时，值班参谋正带着朝鲜人民军韩军团长和参谋长走过来。韩军团长边走边问道："是尹玉善同志吗？"

听到有人喊自己名字，尹玉善转过身来，激动地喊道："韩军团长！"

尹玉善激动地扑到韩军团长的跟前，紧紧地握住了他的手。

— 52 —

打击侵略者

☆尹玉善在对面的墙上看到了金日成首相的画像，激动地流出了眼泪，低声地呼喊："金首相。"她跑到画像的跟前，久久地凝视着。

韩军团长亲切地说："尹玉善同志，你辛苦了！"

☆值班参谋带着朝鲜人民军韩军团长和参谋长走过来。韩军团长问道："是尹玉善同志吗？"尹玉善激动地扑到韩军团长跟前，握住他的手。韩军同志亲切地说："尹玉善同志，你辛苦了！"

— 53 —

尹玉善连忙说："我来晚了，敌人的进攻时间提前了。"说着，尹玉善将一个微型胶卷掏出来交给韩军团长。她接着说："这是敌人的作战命令，具体部署都在里面。"

☆尹玉善对韩军团长说："我来晚了，敌人的进攻时间提前了。"说着，她将一个微型胶卷交给韩军团长："这是敌人的作战命令，具体部署都在里面。"韩军团长转身将胶卷交给参谋长，让他马上冲洗。

韩军团长从尹玉善的手里把微型胶卷接过来，拿在手里，仔细地看了看，并对尹玉善说："好。"随后韩军团长转身，拿着微型胶卷来到参谋长的跟前，举起来，对他说："这是一个很重要的情报，马上冲洗！"

参谋长从韩军团长的手里把微型胶卷接过来，一边答应着，一边就出去冲洗胶卷去了。

韩军团长转过身，来到了尹玉善的面前，对尹玉善感激地说："你为祖国，为人民，完成了一项很重要的任务啊。"说着，韩军团长将双手伸到尹玉善的面前，紧紧握住了尹玉善的手，由衷地说："谢谢你，尹玉善同志。"

尹玉善听到"同志"这个称呼，万分激动。她激动地看着远方，眼睛里噙满了泪水，嘴里轻声地叫道："同志。"

☆韩军团长又紧紧地握住尹玉善的双手，对她说："你为祖国，
　为人民，完成了一项很重要的任务啊，谢谢你，尹玉善同
　志。"尹玉善听到"同志"这个称呼，万分激动。

韩军团长转过身去，走到水壶边，给尹玉善同志倒了一杯水，并端到了尹玉善的跟前，递给了她，并示意她坐下。

尹玉善坐了下来，手里捧着水杯。韩军团长走到桌子边，待了一会儿，随后转过身来，看着尹玉善问道："金哲奎同志呢？"

尹玉善赶紧站了起来，奔到韩军团长的跟前，万分着急地说："首长，金哲奎同志被捕了，白昌璞在进攻前要处死他，我们要快呀！"

韩军团长听了以后，看着尹玉善着急的样子，把她扶到座位上坐下，安慰道："冷静些，我们马上就会打过去的。"

尹玉善听了以后，点点头，说："嗯。"

丁大勇听了他们的对话，很是感动，他脱下了小豆豆来时给他的外衣，送到尹玉善的面前，关切地说："同志，穿上这件衣服吧，坑道里冷。"

☆韩军团长给尹玉善倒了一杯水，问道："金哲奎同志
呢？"尹玉善万分焦急地说："首长，金哲奎同志被捕
了，白昌璞在进攻前要处死他，我们要快呀！"韩军团
长安慰她说："冷静些，我们马上就会打过去的。"

☆丁大勇听了他们的对话，很是感动，他脱下了小豆豆来时
给他的外衣。送到尹玉善面前："同志，穿上这件衣服吧，
坑道里冷。"尹玉善道了谢，把衣服穿在了身上。

丁大勇说完，微笑着看着尹玉善，示意她接下衣服。

尹玉善从丁大勇的手里把衣服接过来，拿在手里，感激地看着丁大勇说："谢谢！同志！"说完把衣服穿在了自己的身上。

韩军团长来到丁大勇的面前，握着他的手，感激地说："谢谢你，同志，回去转告你们李军长，你的任务完成得很好。"

丁大勇敬礼答道："是。"说完走出值班室。

韩军团长回头来到尹玉善的跟前，说："尹玉善同志，你先休息吧，回头我找你谈。"

☆韩军团长走到丁大勇面前，握着他的手说："谢谢你，同志，回去转告你们李军长，你的任务完成得很好。"丁大勇敬礼答道："是。"转身走出值班室。

尹玉善点点头，说："是。"说完韩军团长和尹玉善握手告别。值班参谋把尹玉善的配枪还给了她，还引着她朝着休息室走去。

第四章

定计策潜入敌后

　　尹玉善走后，韩军团长在屋里来回踱着步，等待着胶卷洗出来。不大一会儿，参谋长从内室里走了出来，将冲洗好的胶卷递给了韩军团长。参谋长接着说："团长同志，昨晚24时，敌人主力全部调到第一线，14号拂晓向我进攻。"

　　韩军团长用放大镜仔细地看了看胶片，自言自语道："14号？"他思索了一会儿，转过头来，看着参谋长说："马上把这个情况报告总部，同时通知友邻志愿军部队。"

☆参谋长从内室出来，将冲洗好的胶卷递给韩军团长。参谋长说："团
　长同志，昨晚24时，敌人主力全部调到第一线，14号拂晓向我进
　攻。"韩军团长用放大镜仔细地看着胶片，对参谋长说："马上把这个
　情况报告总部，同时通知友邻志愿军部队。"

参谋长连忙答应道："是。"说完就下去执行去了。

在志愿军军部，李军长的坑道指挥所。尹玉善带来的情况，李军长已经都知道了。李军长从墙上挂着的地图前走到桌子边，双手趴在桌子上，仔细地查看着桌子上的地图，自言自语道："敌人把全

☆在志愿军军部，李军长的坑道指挥所。李军长仔细地查看着桌上
的地图，自言自语道："敌人把全部主力调到第一线，这对我们的
穿插很有利，可是给我们正面突破增加了压力啊。"

☆李军长吸着烟，一边思考一边在屋里来回踱步。自语道："敌人在
14号拂晓向我发动进攻，一面攻山，一面穿插，可是时间呢？"

部主力调到第一线，这对我们的穿插很有利，可是给我们的正面突破增加了压力啊。"

外面的天空正在下着雨，坑道指挥所有点漏雨，屋里摆着一个白色的小盆，小盆的外围上写着"抗美援朝"的字样，房子顶上渗透的雨滴滴答答地滴在小盆里。李军长吸着烟，一边思考一边在屋里来回踱着步。一会儿，他自言自语道："敌人在 14 号拂晓向我发动进攻，一面攻山，一面穿插，可是时间呢？"

李军长走到沙盘前，用手在沙盘上比划着说："这是 800 米的开阔地，只有潜伏，把部队放在这儿，放在敌人的鼻子底下，是有好多困难呐。"到底该怎么办呢？李军长突然想到，要问问战士。

☆李军长走到沙盘前，用手比划着："这是 800 米的开阔地，只有潜伏，把部队放在这儿，放在敌人的鼻子底下，是有好多困难呐。"到底该怎么办？李军长突然想到，要问问战士。

坑道里的子弹箱上放着一些肠和咸鱼，可丁大勇端着饭碗却一口也吃不下去，他在思考着这一仗该怎么打。他突然想起了之前891高地的进攻战。

夜色中，丁大勇带着一个班潜伏在草丛中，他们一动不动地注

☆坑道里的子弹箱上放着一些肠和咸鱼，可丁大勇端着饭碗
　却一口也吃不下，他也在思考着这一仗该怎么打。他突然
　想起了之前891高地的进攻战。

视着山上的动静。突然炮火齐鸣，敌阵地变成了火海，丁大勇率领
尖刀班像猛虎似的向敌阵地冲去，打得敌人一个措手不及。丁大勇
想到这里，顿时兴奋起来。

☆夜色中，丁大勇带着一个班潜伏在草丛中，他们一动不动
　地注视着山上的动静。突然炮火齐鸣，敌阵地变成了火海，
　丁大勇率领尖刀班像猛虎似的向敌阵地冲去，打得敌人一
　个措手不及。丁大勇想到这里，顿时兴奋起来。

丁大勇来到军长指挥所。值班参谋端着脸盆刚出来，就听见军长哼起志愿军战歌来。值班参谋把脸盆放在桌子上，感觉到有人进来，头也没回地就说："哎，听见了没有？只要军长一唱歌，阵势就摆好了，准的。"

丁大勇在值班参谋的身后站着，一边听值班参谋说话，一边"唉唉"地应着。值班参谋说完，转过身来，看见是丁大勇，就问道："你来干什么？"

☆丁大勇来到军长指挥所。值班参谋端着脸盆刚出来，就听见军长哼起志愿军战歌来。他感觉到有人进来，头也没回就说："听见了没有？只要军长一唱歌，阵势就摆好了，准的。"参谋转过身，看见是丁大勇，就问道："你来干什么？"丁大勇连忙说："没什么。"

丁大勇看着值班参谋说："没什么。"

李军长在里面听到了值班参谋和别人的对话声，就在里面朝着外面问道："谁呀？"说罢，他就掀开门帘迎了出来。

值班参谋看着丁大勇嗔怪道："你看，打搅军长了吧。"

李军长走出来一看是丁大勇，连忙向丁大勇招手，微笑着说：

"哦，是丁大勇，来来来，你来得正好。"就把丁大勇叫进了屋里。

☆李军长听到他俩的说话声，就问："谁呀？"接着就掀开门帘迎
　了出来。一看是丁大勇，连忙向丁大勇招手说："哦，是丁大
　勇，来来来，你来得正好。"就把丁大勇叫进了屋里。

☆丁大勇颇为踌躇地说："军长，我有个想法，不知道该说不该
　说。"李军长一边给丁大勇倒水，一边鼓励他说："好嘛！你们
　做侦察员的最了解情况，最有发言权了。"

走进了屋里，李军长一边给丁大勇倒水，一边对丁大勇指了指凳子微笑着说："坐吧。"

丁大勇看着李军长，并没有坐下，站在那儿颇为踌躇地说："军长，我有个想法，不知道该说不该说。"

李军长一边把倒好的水拿到丁大勇手里，一边鼓励丁大勇说："好嘛！你们做侦察员的最了解情况，最有发言权了。"

随后李军长指了指丁大勇接着说："坐吧，坐吧。"见丁大勇还没有坐下，李军长指了指他又说："坐吧。"

"军长。"这次丁大勇鼓足了勇气说："我觉得这次战斗的最大困难，是那片开阔地，从敌人的炮火和碉堡下面通过，就要付出很高的代价。"

☆李军长让丁大勇坐下。"军长。"丁大勇鼓足了勇气说："我觉得这次战斗的最大困难，是那片开阔地，从敌人的炮火和碉堡下面通过，就要付出很高的代价。"

李军长认真地听着丁大勇的话。

丁大勇继续说："我和崔副团长到前沿看过，敌人的前沿是一大片蒿草和松树，假如能像攻击891高地那样……"

☆丁大勇继续说："我和崔副团长到前沿看过，敌人的前沿是一大片
蒿草和松树，假如能像攻击 891 高地那样……"

李军长听到这里，若有所思地站了起来。

丁大勇也站了起来，接着说："带上一个小部队，头一天晚上就
偷偷地潜伏到敌人的鼻子底下，等到第二天黄昏，我们的炮火一锤，
不等敌人还击，跟着炮弹就冲上去了。"

☆李军长听到这里，若有所思地站了起来。丁大勇也站起来接着说："带
上一个小部队，头一天晚上就偷偷地潜伏到敌人的鼻子底下，等到第
二天黄昏，我们的炮火一锤，不等敌人还击，跟着炮弹就冲上去了。"

丁大勇眉色飞舞地把自己的想法都说了出来，一边说一边还比划着，好像自己已经跟着炮火冲上去了。

☆丁大勇眉飞色舞地把他的想法都说了出来，一边说还一边比
　划着，好像自己已经跟着炮火冲上去了。

☆可这时，丁大勇发现李军长只是默默地在听，一直没有说
　话，也没有任何反应。

　　可是等到自己说完，丁大勇才发现李军长只是默默地听着，一直都没有说话，也没有任何反应。

　　丁大勇见李军长不说话，就有些失望地回到了自己的座位上坐下。寂静了片刻，李军长突然转身看着丁大勇说："说呀，把你想到的全都说出来。"丁大勇见李军长问自己，赶紧站了起来，对李军长说："全说完了。"

☆丁大勇有些失望地回到了自己的座位坐下。寂静了片刻，李军长突
　然对丁大勇说："说呀，把你想到的全说出来。"丁大勇站起来对军
　长说："全说完了。"

　　李军长走到丁大勇的跟前，看着丁大勇问道："攻打891高地的那个班，是你带去的？"

　　丁大勇坚定地回答："是。"

　　李军长看着丁大勇接着问道："一个班可以，一个排呢？"

　　丁大勇肯定地回答道："当然也可以。"

　　李军长听丁大勇回答完，紧接着问道："一个连呢？"

　　丁大勇听李军长说完，稍稍思考了一下，还是坚定地回答道：

☆李军长走到丁大勇跟前，问他："攻击891高地的那个班，是你带去的？"丁大勇回答："是。"李军长又问："一个班可以，一个排呢？"丁大勇肯定地回答："当然也可以。"

"也行。"

李军长紧盯着丁大勇，接着问道："一个营，一个加强营呢？"

☆李军长紧接着又问："一个连呢？"丁大勇稍稍思考了一下，还是坚定地回答："也行。""一个营，一个加强营呢？"李军长把他想法一股脑地向丁大勇提了出来。丁大勇被李军长的问题吓住了，不知如何回答。

李军长把他自己的想法一股脑地向丁大勇提了出来。

丁大勇被李军长的问题给吓住了，不知该如何回答。丁大勇看着李军长，愣在了那里，脑子里快速思考着李军长刚才的问题。

李军长对丁大勇提的这个问题，丁大勇还真的是没有考虑过，毕竟攻打891高地和这次是不一样的，全部用攻打891高地的办法来进行这次战役，是不行的。还是领导想得比较周详，所有的问题都能面面俱到地想到。

李军长见丁大勇愣在了那里，接着说："小部队潜伏对我们这次战役来说，没什么多大作用。那么大部队潜伏能保证不发出一点声响吗？有人咳嗽怎么办？有人打瞌睡打呼噜怎么办？将近20个小时，动也不能动，蚊子咬，太阳晒，再发起冲锋，这体力受不受影响呢？"

☆李军长对站在那里发愣的丁大勇说："小部队潜伏对我们这次战役来说，没什么多大作用。那么大部队潜伏能保证不发出一点声响吗？有人咳嗽怎么办？有人打瞌睡打呼噜怎么办？将近20个小时，动也不能动，蚊子咬，太阳晒，再发起冲锋，这体力受不受影响呢？"

　　是啊，李军长说的这些确确实实是实际存在的问题，对于这样大部队的潜伏，这是首先应该思考的问题。这些问题如果不先处理好，到时候就会出现很大的问题，到那个时候可就真的晚了。丁大勇听着这些，也陷入了沉思之中。

　　丁大勇站在那里，仔细地听着李军长的讲述，他觉得李军长的讲述句句在理，这些都是他们这些侦察员在潜伏的时候所必须注意的问题。听了这些，丁大勇上前几步，来到了李军长的跟前，看着李军长，一脸惊讶地喊道："军长！"随后丁大勇颇有感触地对李军长说："你怎么像亲自到敌前潜伏过一样，了解得那么详细啊。"李军长转身来到丁大勇的跟前，抬起手拍着丁大勇的肩膀，认真地说："大勇啊，这一仗打好打不好，关系到和平能不能实现的大问题啊，我不能不提出很多问题来问我，问你。"丁大勇看着李军长，坚定地说："军长，你把这个任务交给我们吧，我们能想出办法来。"

　　☆"军长！"丁大勇颇有感触地说："你怎么像亲自到敌前潜伏过一样，了解得那样详细。"李军长拍着丁大勇的肩膀说："大勇啊，这一仗打好打不好，关系到和平能不能实现的大问题啊，我不能不提出很多问题来问我，问你。"丁大勇坚决地说："军长，你把这个任务交给我们吧，我们能想出办法来。"

李军长听丁大勇表完决心，指了指丁大勇说："好吧，有好多事情等着你们做呢。"说到这里，李军长看了看腕上的手表，对丁大勇说："现在你回去休息。"

　　丁大勇看着李军长点点头，说："是。"随后，他给李军长敬了一个标准的军礼，转身就要朝外面走去。刚一转身，就看到了方政委和崔副团长进来了。丁大勇和二位打完招呼就走出去了。

　　丁大勇走后，方政委和崔副团长就走进来了。方政委看着李军长关切地问道："老李，你没有休息会儿啊？"

　　李军长对方政委说："我跟大勇正在谈关于潜伏的问题。"

　　方政委听了以后，看着李军长，面带微笑地说："战士们也提出潜伏问题。"

　　崔凯也接着说："他们还想出很多办法。"

☆丁大勇刚出去，方政委和崔副团长就进来了。李军长对方政委说："我跟大勇正谈关于潜伏的问题。"方政委说："战士们也提出潜伏问题。"崔凯说："他们还想出很多办法。"

　　李军长听了以后，觉得很有道理，既然大家都想到了这儿，就说明这样做肯定有可行的地方，想到这儿，李军长看着他们俩高兴地说："好哇！来来来，咱们来研究一下。"随后李军长就招呼着方政委和崔凯他们走进了屋里，并招呼他们俩朝着沙盘的方向走去。

方政委和崔凯就随李军长来到了沙盘前。李军长指着沙盘对他们俩说着自己的计划："根据崔凯的汇报和丁大勇谈的情况，我计划把穿插部队在战斗前的头一天晚上，潜伏在这儿。"

李军长一边说着一边用手指着沙盘上的一块地方。李军长抬头看着方政委和崔凯，等待着听他们对自己这个计划的想法。

☆李军长招呼他俩到沙盘前，对他们说："根据崔凯的汇报和丁大勇谈的情况，我计划把穿插部队在战斗前的头一天晚上，潜伏在这儿。"说着他用手指着沙盘上的一块地方。

崔凯听了李军长的计划，在脑海里飞快地思索着。崔凯觉得李军长的这个计划不错，方方面面都想到了，战士们提出来的建议也都全部考虑进去了，毕竟战士们是实际操作这个计划的实战员。崔凯一直盯着沙盘上李军长刚才指着的那个位置，在把自己和战士们所提的问题全部都仔细地思考了一遍以后，满意地点点头，他心里非常同意李军长的这个部署。崔凯抬起头，看着李军长，面带微笑，指着沙盘上那个位置，兴奋地对李军长说："好！这样可以减少部队的伤亡，缩短穿插的时间。"

　　李军长看着崔凯接着说："对，只有突然出现在白虎团的面前，打乱他的指挥所，才有可能占领鹰峰，把敌人的退路切断。"说着，

☆崔凯非常同意李军长的部署，兴奋地说："好！这样可以减少部队的伤亡，缩短穿插的时间。"

☆李军长又说："对，只有突然出现在白虎团的面前，打乱他的指挥所，才有可能占领鹰峰，把敌人的退路切断。"说着用力地做了个下切的手势。

他用力地做了个下切的手势。

是啊，只有这样才能迅速地在战争中占领有利的位置，才能让敌人处于慌乱的状态，在敌人还来不及反应的时候，我们的部队就已经出其不意地出现在了他们的面前，让他们根本就没有时间去考虑任何还击我们的办法，这样我们就能先敌人一步抓住有利的时间和地点，再来部署我们的下一步计划。方政委在一旁一直静静地听着李军长和崔凯说的话。

对于李军长的计划，方政委也是非常赞同。他把前前后后所知道的敌人的情况都仔细地又思索了一遍，觉得李军长提出的这个计划是可行并符合实际作战要求的。李军长的这个计划对于崔凯所带领的战士们来说也是考虑得十分到位的，想到这儿，方政委转过身来，看着崔凯说："敌人已经完成了他的进攻准备了，我们要用每一个战士的大智大勇，来改变他的作战计划，打乱他的作战步骤，把他调到一线的四个师全部吃掉。"

☆方政委也对崔凯说："敌人已经完成他的进攻准备了，我们要用每一个战士的大智大勇，来改变他的作战计划，打乱他的作战步骤，把他调到一线的四个师全部吃掉。"崔凯惊喜地重复说："四个师?"

　　崔凯认真地听着方政委说的话，当他听到方政委说敌人的四个师时，眼前一亮，惊喜地重复着："四个师?"

　　李军长看着崔凯惊喜的样子，点点头，认真地说："是啊，四个师。"

　　接着李军长又对崔凯说："崔凯，你来看。"说着，李军长拿起指挥棒朝着墙上的大地图指去，方政委、崔凯也和李军长一起来到了大地图前。李军长伸出手，把地图前面的帷幕拉开，指着地图对崔凯说："这是伪八师、伪六师、伪三师，我们的正面是敌人的首都师，我们军的任务就是吃掉它。"

☆李军长走到地图前，拉开帷幕，指着地图对崔凯说："这是伪八师、伪六师、伪三师，我们的正面是敌人的首都师，我们军的任务就是吃掉它!"

　　李军长用指挥棒一一指着地图上伪军的这些师对着的相应位置，仔仔细细地指给崔凯看着。方政委也在仔细地看着地图标出的敌人所在的位置，很清楚地明白任务是什么。李军长这样就把这次战役中我军的任务、攻击的目标及攻击的位置都对崔凯交待清楚了。

听了李军长详细的介绍，崔凯仔细地看着地图上李军长所指的敌兵位置，将其都一一记在了心里。至于李军长后来交待的这次战役我军的任务，崔凯更是记在了心里。等李军长把所有的都介绍完，崔凯把这次的作战计划和作战部署又仔细地在自己的脑海里过了一遍，把这些都清楚了以后，崔凯看了看李军长，转身看了看方政委，随后面带笑容地对着李军长叫道："军长！"

崔凯这是要向首长们请求任务，李军长早就想到了这一点，没等崔凯把请求任务的话说出来，只见他把手中的指挥棒放在了大地图的下面，笑着对崔凯说："崔凯啊，我就是准备让你带一个加强营，去执行这个穿插任务。"

崔凯本来向首长要请求的就是这个任务，见不等自己开口，首长就先告诉自己了，这下崔凯心里可高兴了。等李军长把崔凯的任务安排完，崔凯兴奋得眼睛里闪着光，挥舞着拳头，向李军长保证道："是，保证完成任务！"

☆"军长！"崔凯刚要请求任务，李军长笑着对他说："崔凯啊，我就是准备让你带一个加强营，去执行这个穿插任务。"崔凯兴奋得眼睛里闪着光，挥舞着拳头说："是，保证完成任务！"

看着崔凯那激动兴奋的样子，李军长很理解崔凯此时的心情。战士们最大的要求是能上战场奋勇杀敌，看着敌人在那儿骄横蛮不讲理地对待老百姓，战士们心里非常不舒服。只要能够上战场，战士们的情绪就是高涨的。

李军长看了看在一旁的方政委，和方政委交换了一下眼神，李军长和方政委的心里都很清楚，这次让崔凯执行的这个任务是相当艰巨的，稍有不慎，就会很危险。

李军长把手放在崔凯的肩膀上，对崔凯细心地嘱咐道："崔凯啊，这次的任务很艰巨呀，你们要过三关呐。"李军长带着崔凯走到了办公桌子前，指着桌子上的地图接着对崔凯说："潜伏不被发现，安全地把部队带过突破口，这是第一关。"

☆李军长又对崔凯嘱咐道："崔凯呀，这个任务很艰巨呀，你们要过三关呐。潜伏不被发现，安全地把部队带过突破口，这是第一关。"

接着李军长拿起了桌子上的一支笔，指着桌子上的地图接着对崔凯说："出其不意地打乱白虎团的指挥所，迅速勇猛地插到鹰峰，这是第二关。坚守鹰峰，切断敌人南逃的退路，这是第三关，困难可是很多的啊。"李军长把这三关给崔凯详细地介绍完，双眼一直盯着崔凯看。

　　崔凯听完李军长的话，仔细地看着李军长桌子上的地图，他要把这些都牢牢地记在自己的心里，回去好给战士们交待清楚，还有，在进行战斗的过程中好能清楚地辨析自己的位置和作战的程序。等崔凯把这些都记住了，只见他抬起头来，双眼露出坚毅的眼神，看着李军长坚定地说："我们有信心。"

　　☆"出其不意地打乱白虎团的指挥所，迅速勇猛地插到鹰峰，这是第二关。坚守鹰峰，切断敌人南逃的退路，这是第三关，困难可是很多的啊。"崔凯坚定地说："我们有信心。"

　　方政委也深知这次任务对崔凯和崔凯带领的这一加强营的战士们来说会有多艰辛。等崔凯向李军长表示完决心，方政委走到崔凯的跟前，对崔凯接着嘱咐道："你们可能要四面受敌，要和比你们多几倍的敌人作战，但是要守住，能守住就是胜利。"

　　李军长在屋里踱着步，听着方政委对崔凯的嘱咐，也十分赞同方政委的说法，于是对崔凯说："对。"

崔凯抬起头来，看了看两位首长，知道首长这是为自己和战士们的安危担心，就看着首长信心百倍地回答："首长放心吧，只要有我们一个人在，就保证让红旗永远在鹰峰上飘扬。"

☆方政委对崔凯说："你们可能四面受敌，要和比你们多几倍的敌人作战，但是要守住，能守住就是胜利。"崔凯信心百倍地回答："首长放心吧，只要有我们一个人在，就保证让红旗永远在鹰峰上飘扬。"

崔凯说完，转过身来，和李军长、方政委一一握手。这握手中，有首长对他们的关心，更有首长对他们的鼓励。

看着崔凯信心十足的样子，李军长、方政委相信他一定能带着战士们完成这次艰巨的任务。正在这时，参谋走进来了，他来到门口，对着里面的首长喊道："报告！"

李军长转过身来，看着参谋："什么事？"

参谋说："军长，指挥部来电话，说祖国慰问团一分团明天来我们部队慰问。"

李军长听了以后，点了点头，对参谋说："好，我知道了。"

☆这时，参谋进来报告："军长，指挥部来电话，说祖国慰问团一分
团明天来我们部队慰问。"

参谋说完就出去了。李军长转过身来，看着方政委和崔凯。

听完了参谋给李军长的汇报，知道了祖国的亲人又来给战士们
鼓气了，方政委的心里很是高兴，他走上前来，高兴地对李军长说：
"好！老李，这是最大的精神力量啊！祖国人民的支援总是来得这么
及时。"

李军长听了方政委说的话以后，觉得很有道理，每到这个时
候，我们祖国的亲人总是很及时地出现，这样让他们在前线作战
有很大动力和激情，李军长微笑着对方政委说："是啊！老方啊，
我看你先陪同祖国的亲人下部队看看，我到人民指挥部开完会，
再赶回来。"

听李军长说完，方政委点了点头说："好的。"

李军长说完，转身就开始朝着门口走去。刚走到门口，他就伸
出手来，拿着衣架上的衣服，又转过身来看着崔凯说："崔凯啊。"

☆方政委高兴地对李军长说："好！老李，这是最大的精神力量啊！祖国人民的支援总是来得这么及时。"李军长对方政委说："老方啊，你先陪同祖国亲人下部队看看，我到人民军指挥部开完会，再赶回来。"

☆李军长刚要出去，又转回身来对崔凯说："崔凯啊，这又不能让你休息了，祖国亲人又来检查工作了。"崔凯对军长说："我们保证提前完成战役准备工作，用实际行动欢迎祖国的亲人。"

崔凯见李军长又叫自己，就连忙走上前，对军长说："军长！"

李军长拿着军帽来到崔凯的跟前，对崔凯愧疚地说："你看，这下又不能让你休息了！"

崔凯听了以后，转头朝着方政委看了看，微笑着，李军长一边戴着帽子，一边又对崔凯说："你看看，祖国亲人又来检查工作了。"

崔凯面带微笑，看着李军长和方政委说："我们保证提前完成战役准备工作，用实际行动欢迎祖国的亲人。"

听崔凯这样表着决心，李军长和方政委都很满意。

第五章

祖国慰问振军心

风和日丽，艳阳高照，在志愿军的驻地上，山谷的峭壁上一条大红的标语格外醒目："欢迎祖国慰问团"。标语的四周点缀着一束束的鲜花，可是见不到一个欢迎的人影。本来战士们要是听说有祖国的慰问团要来，就高兴得不行了。打听好了慰问团要到的时间，战士们都会齐刷刷地站在那里，热烈欢迎慰问团的。这一次竟然连一个人都没有，慰问团的同志们感到非常纳闷，不知道今天这是怎

☆风和日丽，艳阳高照，在志愿军的驻地，山谷的峭壁上一条大红的标
　语格外醒目："欢迎祖国慰问团"。标语的四周点缀着一束束的鲜花，
　可是见不到一个欢迎的人影。

么啦？但是尽管这样，慰问团的同志们还是很理解战士们，战士们可能是有任务在身，实在是脱不开身吧。

祖国慰问团的队伍沿着山路慢慢地走过来，四周静悄悄的，没有一个战士们的身影，迎接他们的只有方政委、崔凯、金大爷和金玉善四个人。他们陪同慰问团团长走在最前面，慰问团的同志们都在后面跟着。同志们在后面边走边朝四周看，观察着战士们生活和战斗的地方。慰问团团长是个精神焕发的女同志，人们叫她梅嫂子，看上去大约有四十六七岁的样子，她就是丁大勇的母亲。

方政委一边走着一边对梅团长说："梅团长，大勇要是知道你来呀，不知道会怎么高兴呢。你们有好几年没有见面了吧？"

梅团长听了方政委说的话以后，对方政委说："是啊！从他参加

☆祖国慰问团的队伍沿着山路慢慢地走过来，方政委、崔凯、金大爷和金玉善陪同慰问团团长走在最前面。慰问团团长是个精神焕发的女同志，人们叫她梅嫂子，大约有四十六七岁的样子，她是丁大勇的母亲。方政委对梅团长说："梅团长，大勇要是知道你来呀，不知会怎么高兴呢。你们有好几年没见面了吧？"梅团长回答："是啊！从他参加志愿军，一直没见面。"

了志愿军，就一直没有见过面。"

是啊，梅团长何尝不想见到自己这唯一的儿子啊！可是梅团长心里知道，现在她的儿子是军人，她很支持和理解儿子，知道儿子的肩上有保家卫国的责任。现在儿子的身上有任务，只有他完成了任务才能回来和自己团聚，梅团长把对儿子的这种深深的思念埋在了自己的心底。

方政委听梅团长说完自己和儿子已经好久没有见面的事情后，就接着告诉梅团长："他们马上要去执行战斗任务了。"

☆方政委又告诉梅团长说："他们马上要去执行战斗任务了。"崔凯对梅团长说："现在部队正在进行潜伏演习，请祖国亲人来检查我们的工作。"

听方政委说到这儿，崔凯走上前来，对梅团长说："现在部队正在进行潜伏演习，请祖国亲人来检查我们的工作。"

梅团长听崔凯介绍完，知道了战士们之所以没有出来欢迎他们，原来是在进行潜伏的演习。梅团长看着崔凯呵呵笑了起来，她往前走了两步，抬起头，朝着四周仔细地观察着，只见远处和自己的周围都是静悄悄的一片。梅团长想着难道是自己看错了，又看了一遍。这次她先是朝着远处看，远处是荒草、树木，连一个人影也没有看到，近处除了自己身边站着的迎接自己的人之外，就是自己带来的慰问团的同志们，根本就没有一个人影，看到这儿，梅团长确信自己刚才并没有看错，于是就转过身来，奇怪地看着崔凯，问道："队伍在哪儿啊？"

☆梅团长听了崔凯的话，环视四周，远近一片荒草，树木，连一个人影也没看到，就奇怪地问："队伍在哪儿啊？"

崔凯见梅团长没有看出来，脸上露出了满意的笑容，他知道是因为战士们隐蔽得好，才没有被梅团长发现。要执行这次战斗的任务，战士们就必须得有这样的技术含量。崔凯见自己的目的已经达到，也不再让梅团长猜测，于是对着在自己的不远处隐蔽着的战士们大声地喊道："同志们，出来欢迎祖国的亲人啊！"

崔凯的话音未落，周围突然响起了此起彼伏的欢呼声："欢迎祖国亲人！欢迎祖国亲人！"

战士们早就等不及了，看到了祖国的亲人就在不远处张望着自

☆崔凯大声喊道："同志们，出来欢迎祖国的亲人啊！"崔凯的话音未落，周围突然响起了此起彼伏的欢呼声："欢迎祖国亲人！欢迎祖国亲人！"

己，而自己又不能出去亲自迎接，你说他们得有多着急啊！但是战士们心里也十分清楚，隐蔽好不被发现是他们这次任务的重点，所以战士们强忍着对祖国亲人的思念之情，也要隐蔽好。

　　隐蔽的战士们都在目不转睛地盯着崔凯看，就在等待着崔凯的一声令下，自己好能赶紧出来见到祖国的亲人。所以没有等到崔凯的话全部说完，战士们就像潮水般从各自的隐蔽位置上都欢呼着站了起来，只见战士们个个头上都戴着用杂草编制的帽子。他们趴在那儿，还真的看不出来是有人在那儿，像是真的草长在地上一样。梅团长看着这些英姿焕发的战士们，心里无比的高兴，只见她来到一块大石头的跟前，小心地踩了上去，站在上面，朝着热情高扬的战士们尽情地挥着手。梅团长看着，心里想着这些可爱的战士们，真是好啊！

　　随后战士们手里都捧着鲜花，呼喊着从四面八方朝着慰问团的

☆梅团长看着这些英姿焕发的战士们，心里无比的高兴，不停地向大
　家挥手。

同志们跑过来，他们边跑边大声地呼喊着，顿时我们志愿军驻地前
的空地上成了花的海洋。战士们来到祖国亲人的跟前，热情地上前
打着招呼，高兴地大喊着："欢迎亲人们！欢迎亲人们！"战士们来
到这儿也有不少时间了，看到了祖国的亲人就像自己回到了家里一
样，真是兴奋无比啊！战士们个个喜气洋洋地看着慰问团的同志们，
刚才他们在下面隐蔽着不能出来那么早地迎接他们，真让他们着
急啊！

　　梅团长看着战士们热烈欢腾的场面，心里十分高兴和激动。于
是她走上前去，找到一个稍微高一点的地方站着，朝着激情高涨的
战士们挥了挥手，感叹地说："哎呀呀！谁想到这里埋伏着千军万马
呀。"梅团长一边说着一边来回走着，随后她又把手扬起来，对着战
士们激动地喊道："同志们！你们好！"

　　战士们都非常兴奋，齐声朝梅团长高呼："祖国亲人好！"战士

☆战士们手里举着鲜花，呼喊着从四面八方跑出来，顿时驻地前的空地上成了花的海洋。

们听到梅团长的喊声，更加兴奋了，纷纷欢呼着蹦起来朝着梅团长和慰问团的同志们挥着手。

☆梅团长看着这欢腾的场面，感叹地说："哎呀呀！谁想到这里埋伏着千军万马呀。"她激动地向战士们喊道："同志们！你们好！"战士们齐声高呼："祖国亲人好！"

丁大勇也在欢迎的人群里边，他双手鼓着掌朝着慰问团这边看过来，看着慰问团团长向战士们挥手致意，忽然他发现，祖国慰问团的团长是他的妈妈，抬了抬头上戴着的隐蔽帽，看着梅团长激动地喊了一声："妈妈！"就拨开人群向那边挤了过去。是啊，丁大勇做梦也没有想到慰问团的团长竟然是自己的妈妈！自己自从参加了志愿军以来，就没有见到过了妈妈，梦里千万次地梦见妈妈，如今妈妈竟然来到了自己的身边，你说丁大勇能不激动吗？梅团长看着战士们，也在人群里搜索着丁大勇，她也希望能看到自己的儿子。

☆丁大勇也在欢迎的人群里边，他突然发现，祖国慰问团的团长是他的妈妈，他激动地喊了一声："妈妈！"就拨开人群向那边挤了过去。

没等梅团长在战士们的人群中找到他，丁大勇已经从人群中跑了出来。丁大勇跑到妈妈的跟前，看着自己好久没有见面的妈妈大声地喊道："妈妈！"

梅团长看到了自己日思夜想的儿子，拉住丁大勇的手，激动地叫道："大勇！"

丁大勇面带微笑看着妈妈，妈妈也用热切的目光上下打量着儿子。端详完儿子，梅团长用手拍了拍丁大勇的肩膀，惊喜地看着丁大勇说："孩子，你长高了，也长胖了。"

☆丁大勇跑到妈妈跟前喊道："妈妈！"妈妈也激动地叫他："大勇！"妈妈上下端详着儿子，惊喜地说："孩子，你长高了，也长胖了。"

金大爷就站在梅团长和丁大勇的旁边，他为这次意外的母子相会所感动，金大爷走上前，用手拍了拍丁大勇的肩膀，问丁大勇："大勇，这是？"金大爷本来没有想到梅团长真的是丁大勇的亲妈妈，他还以为这是丁大勇亲切称呼梅团长的。

丁大勇兴奋地看着金大爷，赶紧向金大爷介绍道："这是我妈妈！"随后，丁大勇又看着妈妈给金大爷介绍道："妈妈，这是金大爷！"

金大爷听了以后，赶紧伸出手来，和梅团长的手紧紧地握在了一起，激动地说："哎呀呀！这太好了！"

梅团长也笑着对金大爷招呼道："老人家，您好！"说着，金大爷转身拍着大勇的肩膀夸奖道："梅团长，大勇是好样的。"

☆金大爷为这意外的母子相会所感动，问丁大勇："大勇，这是?"丁大勇赶紧向金大爷介绍说："这是我妈妈。"金大爷和梅团长紧紧地握手说："哎呀呀！这太好了。"说着，金大爷拍着大勇的肩膀夸奖道："梅团长，大勇是好样的。"

金大爷陪着梅团长向前走着，边走边指着热情欢呼的志愿军称赞道："志愿军都是好样的，为了打击美国强盗，他们付出了多大的牺牲啊。"

梅团长听了以后，对金大爷说："老人家，朝鲜人民抗击美国侵略者付出的代价更大，你们的英勇斗争，直接保卫着我们的社会主义建设，是对我们最大的支援，也为我们保卫世界和平作出了最大的贡献。"

☆金大爷陪着梅团长向前走着，边走边称赞说："志愿军都是好样的，
为了打击美国强盗，他们付出了多大的牺牲啊。"梅团长对金大爷
说："老人家，朝鲜人民抗击美国侵略者付出的代价更大，你们英
勇斗争，直接保卫着我们国家的社会主义建设，是对我们最大的支
援，也为保卫世界和平作出了最大的贡献。"

听了梅团长说的话，金大爷觉得很有道理，点了点头对梅团长
说："只有打败了美国强盗，咱们才能有和平幸福的日子过呀。"

此刻，一直跟在他们身后的丁大勇，走上前来，高兴地对梅团
长说："妈妈，你常和我说的那个李叔叔啊，我找到了。他就是我们
军长。"

梅团长一听，惊讶地喊道："啊？"她高兴极了，赶紧回过头
去，看着在自己身边的方政委，激动地问道："你们的军长叫李国
栋吗？"

方政委听了以后，觉得很纳闷，心里想着她怎么能认识李军长

☆金大爷点点头说："只有打败了美国强盗，咱们才能有和平幸福的日子过呀。"这时，丁大勇高兴地对梅团长说："妈妈，你常和我说的那个李叔叔啊，我找到了，他就是我们军长。"

☆"啊?"梅团长听了高兴极了，回过头去问方政委："你们的军长叫李国栋吗?"方政委惊讶地问："是啊，你认识他?""我们是老战友了，他现在在哪儿?"方政委告诉她："他到人民军开会去了。"

呢？于是方政委看着梅团长惊讶地问道："是啊，你认识他？"

梅团长对方政委说："我们是老战友了，他现在在哪儿啊？"

方政委告诉梅团长："他到人民军开会去了。"

梅团长听了以后，看着方政委点点头，说："哦。"梅团长在方政委等陪同下，穿过热烈欢呼的人群，继续朝着前面走着。梅团长和慰问团的同志们手里拿着战士们送上来的鲜花，举在高空，和站在两边欢呼的战士们呼应着。

第六章 军前相认释疑惑

此时，李军长和人民军的韩军团长正在人民军指挥所前边的工事里，只见韩军团长和李军长的手里都拿着望远镜，旁边还有参谋跟着记录他们的谈话。他们俩一面观察地形，一面交谈着。李军长用望远镜观察了一下前面，把望远镜放下来，用手指着前方对韩军团长说："我准备把穿插部队潜伏在 811.7 和 685 结合部的山脚下面。"

　　韩军团长正拿着望远镜朝前面看，听李军长介绍完，韩军团长把望远镜放下来，指了指前面，李军长也指着前面接着说："就在这个方位之内。"韩军团长顺着李军长手指的方向，仔细地看了看。

☆此时，李军长和人民军的韩军团长正在人民军指挥所前边的工事里，
　一面观察地形，一面交谈着。李军长指着前方对韩军团长说："我准
　备把穿插部队潜伏在 811.7 和 685 结合部的山脚下面。"

　　韩军团长看了以后，转过身来看着李军长，高兴地说："好啊！老李，这真是个大胆的计划，我一定给予有力的支援。"随后，韩军团长转身对身边的参谋命令道："通知部队严密监视 811.7 敌人的行动，一个也不能放下山来。"参谋听了以后，点点头，说："是。"

☆韩军团长听后，高兴地说："好啊！老李，这真是个大胆的计划，我一定给予有力的支援。"他转身对身边的参谋命令道："严密监视 811.7 敌人的行动，一个也不能放下山来。"

☆韩军团长又对李军长说："老李呀，我准备组织专门火炮，负责摧毁 811.7 侧翼火力点，来保障你军的侧翼安全，你看怎么样？"

给参谋安排完，韩军团长来到李军长的跟前，接着对李军长说："老李呀，我准备组织专门火炮，负责摧毁811.7侧翼火力点，来保障你军的侧翼安全，你看怎么样？"

李军长对韩军团长的部署非常满意，看着韩军团长微笑着说："这太好了，有了人民军的大力支援，全歼敌人就有了更大的把握。"

☆李军长对韩军团长的部署十分满意，说："这太好了，有了人民军的大力支援，全歼敌人就有了更大的把握。"

韩军团长听李军长说完，接着说："那就这样吧。"

李军长点了点头，看着韩军团长说："嗯。"

韩军团长指着放在面前石头上的一小块地图，对李军长接着说："我人民军的主力突破811.7，首先歼灭这个地区的敌人，而后直插鹰峰。"

李军长低头顺着韩军团长手指的地方看去，十分赞同韩军团长的建议，等韩军团长把话说完，李军长抬起头，微笑着说："好。"

李军长伸出手和韩军团长的手紧紧地握在了一起，这是热切的握手告别，李军长看着韩军团长说："咱们鹰峰见。"

韩军团长看着李军长也说："鹰峰见。"说完他们俩就各自回去了。

☆韩军团长又说："那就这样吧，我人民军的主力突破811.7，首
先歼灭这个地区的敌人，而后直插鹰峰。"李军长和韩军团长热
烈地握手告别，并相约鹰峰再见。

准备执行穿插任务的战士们已经在崖壁下列队待命，等待着准
时出发。方政委和梅团长带领着慰问团的亲人与他们见面。见慰问
团的同志们走近了战士们，战士们赶紧站好迎接他们。

方政委领着梅团长走过来了，梅团长上前和战士们一一握手，
慰问。

方政委来到小豆豆的跟前，用手拍着小豆豆的肩膀，扶着他转
到侧面，又转过身来，上下仔细地看了一下小豆豆的装备，问他：
"裤脚扎好了？"

小豆豆看着方政委，微笑着说："首长，扎好了。"说着，他将
腿抬起来，拉起了裤子给方政委看。

方政委低头看后，满意地笑着说："嗯，好，要不小虫子钻进
去，痒得熬不住可就不好办了。"

小豆豆听了以后，笑着回答道："是！"

随后，方政委又来到了周大个的面前，看见他的口袋里鼓鼓的，

☆准备执行穿插任务的战士们已经在崖壁下列队待命，方政委和梅团
长带领慰问团的亲人与他们见面。方政委来到小豆豆面前问他：
"裤脚扎好了？"小豆豆抬起腿，拉起裤子给政委看。方政委满意地
笑笑说："好，要不小虫子钻进去，痒得熬不住可就不好办了。"小
豆豆笑着回答："是！"

就问道："你这个兜里鼓鼓囊囊的，装的是什么？"

　　周大个看着方政委，不好意思地笑笑说："政委，我有个毛病，
睡着了爱打呼噜，我们班长怕我在执行任务的时候出差错，让我带

☆方政委又来到周大个面前，看见他的口袋鼓鼓的，就问他："你这个
兜里鼓鼓囊囊的，装的是什么？"周大个不好意思地笑笑说："政委，
我有个毛病，睡着了爱打呼噜，我们班长怕我在执行任务的时候出差
错，让我带几只辣椒，困了的时候咬它几口，就再也不困了。"

几只辣椒，困了的时候咬他几口，就再也不困了。"说着，他还伸手把兜里的辣椒掏出来几个拿在手里给政委看。

方政委听周大个说完以后，哈哈大笑了起来。随后他看着周大个微笑着说："你们班长真有法子治你呀！"

方政委继续往前走，来到了丁大勇的面前，拍着他的肩膀微笑着说："大勇，这回高兴了吧？你这个侦察班又配属穿插营了。"丁大勇看着方政委，高兴地笑了。

☆方政委又走到丁大勇面前，拍着他的肩膀说："大勇，这回高兴了吧？你这个侦察班又配属穿插营了。"

方政委看到丁大勇身上背着的报话机，用手拍了拍，看着丁大勇，面带微笑地问道："会用了吗？"

丁大勇抱着报话机，对方政委很有信心地说："会了。"

方政委看着丁大勇信心十足的样子，有意要考考他，依旧微笑着问道："平安无事怎么吹啊？"

丁大勇拿起报话机，把报话机的电线拉出来，对着报话机的话筒缓慢地吹了三声。

等丁大勇吹完，方政委又接着说："有了情况呢？"

丁大勇又对着话筒短促地吹了三声。

☆方政委看到丁大勇身上背着的报话机，就问他："会用了吗？"丁大
勇很有信心地回答："会了。"政委要考考他："平安无事怎么吹
啊？"丁大勇拿起报话机，拉出天线，对着话筒缓慢地吹了三声。
"有了情况呢？"大勇又对着话筒短促地吹了三声。

☆看见丁大勇已经熟练地掌握了报话机的使用方法，方政委满意地回
头和梅团长对视一笑。

丁大勇的妈妈——梅团长，也就站在不远处看着方政委考自己的儿子。看到丁大勇能熟练地应对方政委提出的问题，梅团长感到非常欣慰。看见丁大勇已经熟练地掌握了报话机的使用方法，方政委满意地回头和梅团长对视一笑。梅团长的眼里不但有对儿子感到的骄傲，更有对儿子无限的怜爱。看着儿子在部队里这么健康地成长，梅团长感到无比的欣慰和自豪。

正在此时，不远处传来了军号声，崔凯对方政委说："政委，军长回来了。"

☆这时，听到汽车的喇叭声，崔凯对政委说："政委，军长回来了。"只见李军长正从汽车上下来，三人赶紧迎上前去。

只见李军长的车停在了不远处，李军长乘坐的车上也都用花给覆盖着，这也是为了方便隐蔽。等车停稳后，李军长从汽车上下来了，看了看腕上的手表，见还没有到战士们出发的时间，参谋也跟着下来了，方政委、崔凯和梅团长朝着李军长迎了上去。

还没有到李军长的跟前，方政委就指了指慰问团的梅团长对往这边走来的李军长说："老李，你看这是谁？"

李军长知道方政委所指的这个人一定是慰问团的团长，所以也没有多想。梅团长快步地迎上去，和李军长紧紧地握手。李军长紧紧地握着梅团长的手，热情地对梅团长说："欢迎你们呐！"

☆梅团长快步迎上去和李军长握手。李军长热情地对梅团长说："欢迎你们呐！"

梅团长握着李军长的手，抬起头来，满眼深情地看着李军长，嘴里还问道："老李？李国栋？"

听到梅团长能直接叫出自己的名字来，李军长愣在了那里。李军长的脑子飞速地运转，他在快速思索着。眼前的这个人能叫出自己的名字，可是自己根本就不认识她啊！李军长一脸诧异地看着梅团长，嘴里吞吞吐吐地问道："你是……"

见李军长根本不认识自己了，梅团长有点不相信。也许是相隔的时间太长了。是啊，梅团长心里想着，和李国栋有多少时间没见了，自己现在一时也算不出来了。只见梅团长看着一脸惊讶的李国栋，依旧满脸微笑地问道："不认识了？"

李军长又仔细端详了一会儿，终于认出来了。是啊，和梅嫂子已经多年没有见过面了，岁月的痕迹已经在梅嫂子的脸上留下了深

— 113 —

☆梅团长握着李军长的手问他："老李？李国栋？"李军长愣住了：
"你是……"

深的烙印。那个时候，梅嫂子还很年轻啊，梅嫂子的儿子也没有多
大，可是现在梅嫂子的儿子已经在当志愿军了。李军长看着梅嫂子
激动地问道："你是梅嫂子？"

☆李军长又仔细端详了一会儿，终于认出来了，激动地问："你是梅
嫂子？"梅团长连忙回答："是啊！是啊！二十多年没见面了。"说
完高兴得流出了眼泪。

　　梅嫂子看着李军长连忙感慨地说："是啊！是啊！二十多年没有见面了。"

　　李军长拉着梅嫂子的手感慨地说："哎呀！嫂子！"梅嫂子也激动得流出了眼泪。是啊，二十多年没有见过面的人，初一见面，是很难立即就认出来了。当年的年轻人如今都已经到了中年，当年的中年人现在都已经是年过半百的老人了。

　　李军长一直握着梅嫂子的手，不舍得松开。他激动地对梅嫂子说："是啊！嫂子，我找了你们好多年呐，没想到在这儿遇上你了。"

　　梅嫂子握着李军长的手，也久久不愿松开，她感激地说："真亏了你呀，我这个连名字都没有的使唤丫头，你到哪儿去找啊？"

　　听梅嫂子把话说完，李军长指着她风趣地说："哦，这不找到了吗？"说完站在周围的几个人也都跟着哈哈大笑了起来。

　　☆李军长对梅嫂子说："是啊！嫂子，我找了你们好多年呐，没想到在这儿遇上你了。"梅嫂子说："真亏了你呀，我这个连名字都没有的使唤丫头，你到哪儿去找啊？"李军长却风趣地说："这不找到了吗？"说完大家都笑起来。

李军长一直在找他们娘儿俩。这次见到梅团长，李军长更不会放过这次机会。他赶紧打听梅嫂子孩子的下落。李军长关切地问："哎！现在孩子在什么地方啊？"

见李军长问梅嫂子孩子的情况，不等梅嫂子开口说话，方政委走了过来，接过话，指着梅团长对李军长说："老李，梅团长就是丁大勇的妈妈。"

李军长恍然大悟，大声地说："哦！我说看他怎么像梅国梁呢。"

☆李军长突然问梅嫂子："哎！现在孩子在什么地方啊？"方政委走过来接话说："老李，梅团长就是丁大勇的妈妈。"李军长恍然大悟："哦！我说看他怎么像梅国梁呢。"

说完，李军长朝着将要出发的战士们走过去，边走边大声地喊道："哎，丁大勇呢？"丁大勇和战士们正在聊着什么，见李军长找自己，就大喊道："到！"说着就朝李军长跑了过来。来到了李军长的跟前，丁大勇连忙立正敬礼。李军长对站在自己跟前的丁大勇埋怨道："你这个小鬼，我找了你们好多年，你就在我跟前，可他就不告诉我。"

丁大勇听李军长说完，朝着后面自己的战友们笑了笑，又不好意思地对着李军长说："我是想等把这一仗打胜了再告诉你。"

☆李军长随即喊道："丁大勇呢?"丁大勇向李军长跑了过来，立正敬礼。李军长指着丁大勇埋怨他："你这个小鬼，我找了你们好多年，你就在我跟前，可他就不告诉你。"大勇笑笑说："我是想等把这一仗打胜了再告诉你。"

李军长听丁大勇说完，也不再生气了。

方政委走上前，对李军长建议道："老李，我看把大勇给留下吧。"

李军长听了方政委的建议，觉得很有道理，自己也思考了一下，对着方政委点点头，说："好吧。"随后，李军长就来到了丁大勇的跟前，用手扶着丁大勇的胳膊，关切地说："大勇啊! 你跟你妈妈好多年都没有见面了，这一次的穿插任务你就不要去了，留下来跟你妈妈好好谈谈心。"

☆方政委对李军长说："老李，我看把大勇留下吧。"李军长点头同意，他走到大勇跟前对他说："大勇啊！你跟你妈妈好多年没见面了，这一次的穿插任务你就不要去了，留下来跟你妈妈好好谈谈心。"

见李军长不让自己参加这次任务了，丁大勇看着李军长着急地说："不，军长，我不能离开我的岗位。"

李军长听了以后，往前走了几步，转过身来，指着丁大勇接着劝说："哎！这完全是应该的，明天你还可以参加正面突破嘛。"丁大勇却不这么认为。

梅团长已经站在了丁大勇的面前，丁大勇深情地看了看妈妈。对李军长接着说："军长，孩子同妈妈的话是永远也说不完的，可是，只要把这一仗打胜了，我要同妈妈说的心里话就全说清楚了。"

☆丁大勇一听急了："不，军长，我不能离开我的岗位。"李军长却说：
"哎！这完全是应该的，明天你还可以参加正面突破嘛。"丁大勇对军长
说："军长，孩子同妈妈的话是永远也说不完的，可是，只要把这一仗打
胜了，我要同妈妈说的心里话就全说清楚了。"

　　等丁大勇把话给李军长说完，梅团长满脸深情地看着丁大勇，
她为有这样的儿子而骄傲和自豪！梅团长很支持丁大勇的想法，不
能因为自己的到来而耽误儿子去执行任务。梅团长扶着儿子的胳膊
深情地说："孩子，你说得对。"随后，梅团长转过身来，对李军长
说："老李，还是让孩子去吧，孩子的心我是知道的，大勇这条命还
是丁大伯用自己的小孙子换来的。"李军长听梅团长说到这儿，看着
梅团长惊讶地说："哦？"

　　接着，梅团长开始向大家讲述道："那年，他爸爸牺牲后，白匪
军就派人四处找我们娘儿俩，我在村里呆不住了，就把大勇寄养在
丁家墟的贫农委员丁大伯的家里，我就找红军去了。那时候大勇才

☆梅团长支持大勇的想法："孩子，你说的对。"她又对李军长说："老李，
还是让孩子去吧，孩子的心我是知道的，大勇这条命还是丁大伯用自己的
小孙子换来的。"

两岁，恰好和丁大伯的孙子一般大，白匪军又打听到梅国梁的孩子
留在村里，把丁大伯的孙子和大勇一起抓去了，查来查去查不清哪
个是大勇。"待出发的战士们都站得直直的，认真地听着梅团长讲述
往事。

梅团长接着说："后来，白匪军就定了条毒计，两个娃娃只准抱
回一个，丁大伯狠了狠心把大勇抱回来了，可是那些吃人的白狗子
们，把丁大伯的孙子扔进火里，活活地烧死了！"听完梅团长的讲
述，每个战士的眼里都含着泪花。

☆梅团长向大家讲述道："那年，他爸爸牺牲后，白匪军就派人四处找
我们娘儿俩，我在村里呆不住了，就把大勇寄养在丁家墟的贫农委员
丁大伯家里，我就找红军去了。那时候大勇才两岁，恰好和丁大伯的
孙子一般大，白匪军又打听到梅国梁的孩子留在村里，把丁大伯的孙
子和大勇一起抓去了，查来查去查不清哪个是大勇。"

☆"后来，白匪军就定了条毒计，两个娃娃只准抱回一个，丁大伯狠了狠心
把大勇抱回来了，可是那些吃人的白狗子们，把丁大伯的孙子扔进火里，
活活地烧死了！"听完梅团长的讲述，每个战士的眼里都含着泪花。

　　听梅团长讲述完，崔副团长来到队伍的前面，举起拳头对战士们说："同志们！我们要学习丁大伯这种舍己为人的高贵品质，坚决打好这一仗！彻底粉碎美帝国主义侵略阴谋！"战士们也振臂高呼："彻底粉碎美帝国主义侵略阴谋！"

☆崔副团长走到队伍前边，举起拳头对战士们说："同志们！我们要学习丁大伯这种舍己为人的高贵品质，坚决打好这一仗！彻底粉碎美帝国主义侵略阴谋！"战士们也振臂高呼："彻底粉碎美帝国主义侵略阴谋！"

☆李军长走到丁大勇面前，对他说："大勇啊，你去吧，我等待着你们的胜利消息。"丁大勇向军长敬礼归队。

　　听了梅嫂子的讲述，李军长觉得现在劝丁大勇不去参加这次任务是不可能的了，只见李军长走到丁大勇的面前，对他说："大勇啊，你去吧，我等待着你们的胜利消息。"

　　大勇看着李军长，脸上露出坚毅的神色，只见他点点头，对李军长坚定地说："是。"随后向军长敬礼归队。

第七章

加强营誓师出发

等丁大勇归了队，方政委走上了一个小土坡，开始对着部队喊话："同志们！朝鲜人民来支援我们，毛主席派亲人来慰问我们，这是对我们最大的鼓舞和关怀。"战士们热烈地鼓掌。

☆方政委走上一个土坡，对部队喊话："同志们！朝鲜人民来支援我们，毛主席派亲人来慰问我们，这是对我们最大的鼓舞和关怀。"战士们热烈鼓掌。

　　方政委看着大家又接着说："同志们，毛主席说，我们是要和平的，但是，只要美帝国主义一天不放弃那种蛮横无理的要求和扩大侵路的阴谋，中国人民的决心就是同朝鲜人民一起一直战斗下去。"

　　方政委说："这不是因为我们好战，我们愿意立即停战，剩下的问题待将来去解决，但美帝国主义不愿意这样做，那么好吧，就打

☆方政委又说："同志们，毛主席说，我们是要和平的，但是，只要美帝国主义一天不放弃那种横蛮无理的要求和扩大侵略的阴谋，中国人民的决心就是同朝鲜人民一起一直战斗下去。"

下去，美帝国主义愿意打多少年，我们也就准备跟着打多少年，一直打到美帝国主义罢手的时候为止，一直打到中朝人民完全胜利的时候为止。"

☆"这不是因为我们好战，我们愿意立即停战，剩下的问题待将来去解决，但美帝国主义不愿意这样做，那么好吧，就打下去，美帝国主义愿意打多少年，我们也就准备跟着打多少年，一直打到美帝国主义罢手的时候为止，一直打到中朝人民完全胜利的时候为止。"

方政委的话讲完后，战士们高举着手里的枪，振臂高呼："响应毛主席号召！响应毛主席号召！"欢呼声响彻山谷。

☆方政委的话讲完后，战士们高举着手里的枪，振臂高呼："响应毛主席号召！响应毛主席号召！"欢呼声响彻山谷。

方政委对着战士们说："现在请祖国慰问团梅团长讲话。"梅团长在战士们热烈的掌声中走上土坡，她对着战士们说："同

☆方政委请梅团长讲话。梅团长在战士们热烈的掌声中走上土坡，她对战士们说："同志们！祖国托我转交给你们一面红旗，祖国信任你们，一定能把美国鬼子打得低下头来！"

志们！祖国托我转交给你们一面红旗，祖国信任你们，一定能把美国鬼子打得低下头来。"

听梅团长讲完，崔凯带领着战士们高呼口号："决不辜负祖国人民的委托！"

☆崔凯带领战士们高呼口号："决不辜负祖国人民的委托！"

梅团长把一面绣着"祖国信任你"五个大字的红旗，庄严地授予崔凯。

☆梅团长把一面绣着"祖国信任你"五个大字的红旗，庄严地授予崔凯。

崔凯从梅团长的手里庄严地接过红旗，又把红旗转交给站在队伍最前边的丁大勇。

☆崔凯接过红旗，又把红旗转交给站在队伍最前边的丁大勇。

慰问团的团员们向战士们分发系着彩带的手雷。

☆慰问团的团员们向战士们分发系着彩带的手雷。

朝鲜人民的代表金大爷给崔凯敬酒。金大爷激动地看着崔凯，崔凯接过了酒碗，一饮而尽，热烈和金大爷握手。

☆朝鲜人民代表金大爷给崔凯敬酒。金大爷激动地看着崔凯，崔凯接过了酒碗，一饮而尽，热烈地和金大爷握手。

金玉善在队伍前给战士们分发苹果，每人两个，很快金玉善就发到了小豆豆这里。小豆豆从金玉善的手里接过苹果，激动地和金

☆金玉善在队伍前给战士们分发苹果，小豆豆接过苹果，激动地和金玉善握手说："谢谢你！玉善同志。"

玉善握手说:"谢谢你!玉善同志。"小豆豆拿着苹果仔细地看着,
脸上露出欣喜的笑容。

梅团长走到丁大勇的跟前,拉着他的手,鼓励道:"孩子,要记
住旗帜上的话,祖国信任你,为了祖国,为了朝鲜,要狠狠打击美
国侵略者。"

丁大勇耐心地听着妈妈的嘱咐,他看着妈妈,握住妈妈的手,
坚定地回答道:"妈妈,你放心吧,我忘不了。"

☆梅团长走到大勇跟前,拉着他的手说:"孩子,要记住旗帜上的话,
  祖国信任你,为了祖国,为了朝鲜,要狠狠打击美国侵略者。"大勇
  坚定地回答:"妈妈,你放心吧,我忘不了。"

梅团长听了以后,抬头看着儿子那坚毅的眼神,欣慰地笑了。

就在此时,已经穿上朝鲜人民军军服的尹玉善从远处跑来了,
她向李军长报告:"首长同志,尹玉善奉命前来报到,担任穿插部
队的向导。"说完,尹玉善从兜里掏出来一封介绍信,交给了李
军长。

☆这时，已经穿上朝鲜人民军军服的尹玉善从远处跑来，向李军长报
　告："首长同志，尹玉善奉命前来报到，担任穿插部队的向导。"说
　完，将一份介绍信交给李军长，李军长和她握手表示欢迎，并把她
　介绍给崔凯。

　　李军长从尹玉善的手里把介绍信接了过来，随后伸出双手握住
了尹玉善的手，并亲切地说："欢迎，欢迎啊！"随后，李军长指着
一旁站着的崔凯给尹玉善介绍道："这是崔副团长。"

　　尹玉善转身，朝着崔副团长这边走来，来到崔副团长的跟前，
尹玉善同志举手敬了一个标准的军礼。

　　崔副团长回敬了一个标准的军礼，并亲切地喊道："尹玉善同
志。"随后，两人的手紧紧地握在了一起。崔副团长握着尹玉善的
手，热情地说："你好。"

　　见战士们的一切都准备就绪了，李军长走到队伍的前面，面
对着战士们，鼓励道："同志们！朝鲜人民为我们准备好了一切
胜利的条件，我们一定要打好这一仗！"说着把自己握紧了的拳

头举了起来。

☆李军长走到队伍前面，对战士们说："同志们！朝鲜人民为我们准
　备好了一切胜利条件，我们一定要打好这一仗！"战士们高呼："坚
　决打好这一仗！"

　　战士们听了李军长这激情洋溢的讲话，也被李军长的高涨热情
给感染了，等李军长说完，战士们都举起手，振臂高呼："坚决打好

☆李军长一声令下："出发！"队伍在"祖国信任你"红旗的引领下，
　雄赳赳气昂昂地出发了。

这一仗！"

战士们早就准备好了，也早就把自己的行军装备都背在了身上，现在就等着李军长的一声令下了。李军长正站在队伍的最前面，他看着一个个的战士们，眼光里不但有期待的眼神，还有鼓励的眼神。

方政委、金大爷和慰问团团长也站在队伍的前面，他们看着即将出发的战士们，看着这些最可爱的人。只听见李军长一声令下："出发！"

队伍在"祖国信任你"红旗的引领下，雄赳赳气昂昂地出发了。

第八章

潜伏中险象环生

天渐渐黑了下来，队伍已经按着既定的方向前进了，一路下来，并没有发生什么意外的情况。战士们都想着趁着夜色，尽快赶路，越早赶到越好，战士们个个英姿勃发，踏着坚定的步伐，向潜伏地点走去。

☆天渐渐黑了下来，队伍趁着夜色，踏着坚定的步伐，向潜伏地点
　走去。

　　战士们的战斗热情高涨，在行军的过程中，谁都不甘落后，按照定好的计划，有序地前进。在伸手不见五指的夜里，他们并没有因为天黑，路不好走，而耽误任何的时间。在天还不是很亮的时候，

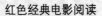

战士们就已经到达了预定的地点，没有半点休息，就按照计划赶紧潜伏了下来。

晨光闪闪夺目，缭绕在潜伏区山腰的雾气已经渐渐地散去，低矮的树丛上落着几只小鸟在叽叽喳喳地歌唱。在一堆堆的蒿草背后，参差不齐地潜伏着我们的志愿军战士。丁大勇正在聚精会神地注视着前方。

☆晨光闪闪夺目，缭绕在潜伏区山腰的雾气已渐渐地散去，低矮的树丛上落着几只小鸟在叽叽喳喳地歌唱。在一堆堆的蒿草背后，参差不齐地潜伏着我们的志愿军战士，丁大勇正在聚精会神地注视着前方。

前方不远处就是敌人的阵地，敌人的一举一动都能很清楚地看见。敌人阵地那边不时有枪声传过来，不知道敌人是因为什么开枪。我们的志愿军战士就在离敌人阵地不远的地方潜伏着，这是敌人做梦也没有想到的事情。敌人本来还以为自己制定的作战计划是如此严谨，殊不知，我们的志愿军战士像天上降下的神兵一样，已经近在咫尺了。崔凯一边观察着不远处敌人的动静，一边看了看自己腕上的手表，此时手表上的指针正好指向 12 时。

☆前方不远处就是敌人的阵地，敌人的一举一动都清晰可见。崔凯一边
　观察着敌人的动静，一边看着手表，指针正指向 12 时。

　　战士们都隐蔽得非常好，虽然志愿军离敌人非常近，可是他们
竟然没有发现志愿军战士们。战士们头上都戴着和地上的杂草一样
的草帽，以利于隐藏。没有首长的命令，战士们谁也不能擅自行动，
这是在出发之前反复强调的一件事情。要是没有到敌人的进攻时间，
就被敌人发现了，后果真的无法想象，那将是一个致命的打击。

　　在志愿军的指挥部里，李军长和方政委正守在报话机旁边，自
从咱们的志愿军战士到达指定的地点，安全潜伏下来以后，首长就
一直守在报话机旁，一刻也没有离开过。

　　丁大勇观察着周围的情况，见没有什么意外发生，就朝着报话
机那边报平安信号。

　　李军长和方政委正在时刻监听着潜伏区的动静，报话机里边不
时地传来丁大勇"嘘……嘘……嘘……"的平安信号。只要听到这
样的声音，李军长和方政委就放心多了，现在离进攻还有一段时间，
他们一点也不敢放松警惕，时刻关注着前线的情况。

　　李军长和方政委转身来到了一个桌子旁，方政委坐了下来。有

☆志愿军指挥部。李军长和方政委守在报话机旁，时刻监听着
　潜伏区的动静，里边不时传来丁大勇"嘘……嘘……嘘……"
　的平安信号。

值班参谋进来给两位首长送来了水。李军长抽着烟，在指挥所的房间里来回踱着步。

敌人白虎团附近的山坡上，周围绕着铁丝网。游击队长金哲奎和一群被俘的老乡被押了出来。见老乡们走得慢了，伪军手里端着枪，冲着他们大声地呵斥道："快点！快点！"

走着走着，伪军让这些被俘的老乡和金哲奎站住了，一旁的一个伪军正在手里舀着水朝着地上撒着，站在他旁边的就是白虎团的团长白昌璞。

白昌璞气势汹汹地朝着他们走去，眼睛扫视着被押的人们。白昌璞直接来到了金哲奎的面前，像饿狼似的双眼瞪着金哲奎。

金哲奎根本就不屑看他一眼，面对这个杀人不眨眼的刽子手，金哲奎的心中充满了愤怒，他给朝鲜人民造成了多大的伤亡，使他们过着暗无天日的日子！金哲奎每次想到这些，都愤怒得不行，只见他把头扭向了一边，对白昌璞视而不见。

☆敌人白虎团附近的山坡上，周围绕着铁丝网。伪军将金哲奎和
　一群被俘的老乡押了过来。白虎团团长白昌璞气势汹汹地走向
　金哲奎，像饿狼似的瞪着眼睛。

白昌璞站在金哲奎的面前，怒视着他。他的心里也十分痛恨金
哲奎，是这个人破坏了自己的大计划，想到这儿，只见他像野兽般
地冲着金哲奎，大声地斥骂道："畜生，你居然把一个女间谍塞到我
的团部来了，我问你，你把她派到什么地方去了？说！"

☆白昌璞来到金哲奎面前，像野兽般地冲金哲奎吼道："畜生，
　你居然把一个女间谍塞到我的团部来了，我问你，你把她派到
　什么地方去了？说！"

— 143 —

对于白昌璞的逼问，金哲奎根本毫不理睬，他觉得白昌璞这个恶棍不配跟自己对话，只见他闭而不答，昂首望着天空。金哲奎心里清楚，只要尹玉善到了韩军军团，我们的领导和志愿军就会想出对付敌人的办法来，只要想到这儿，金哲奎的心里就无比的欣慰。只要我们的人知道了这个情况，那么敌人的这个阴谋计划就会实现不了。只要我们的部队制定出对付敌人的办法，敌人的计划不能得逞，那么离消灭他们的日子一定就不远了。

☆对白昌璞的逼问，金哲奎毫不理睬，闭口不答，昂首远望着
天空。白昌璞气得哇哇叫，毫无办法。

白昌璞看着金哲奎那毫无畏惧的样子，气得哇哇叫，却拿金哲奎毫无办法。白昌璞在前沿阵地上发难金哲奎的这一切都被潜伏在不远处的尹玉善给清楚地看到了。只见她强忍着怒火，继续隐蔽着。

在我军的潜伏地，战士们个个冒着酷暑在坚守着，汗顺着脸往下流。是啊，在这样的热天里，战士们头上都是戴着浓密的杂草，根本是密不透风。每个战士的脸上都大汗淋漓，都在用手不时地擦着。小豆豆正在朝着周大个那边看，他发现周大个正在打着瞌睡。

于是小豆豆就在自己的手边捡起一个小石头朝着周大个扔过去，周大个被砸醒了，他正朝着小豆豆这边看，于是小豆豆就把金玉善给他的苹果拿出来给周大个看，示意要给周大个。

☆在我军的潜伏地，战士们冒着酷暑在坚守着，汗顺着脸往下流。小豆豆发现周大个在打瞌睡，就捡起一个小石头扔过去，又拿出金玉善给他的苹果，示意要给周大个。

周大个明白了小豆豆的意思，这是要给他苹果吃。于是周大个朝着小豆豆摇摇头，只见他随后从自己的口袋里掏出来一个大红的辣椒，毫不犹豫地塞进了嘴里，使劲地嚼着。周大个被辣得张大了嘴巴，使劲地往外哈着气。

小豆豆眼看着周大个把大辣椒放进了嘴里，看得他直眨巴眼睛。

周大个把辣椒吃完了，他的困意立即消失了，眼睛也睁大了。

正在此时，几只小鸟在志愿军潜伏区的上空飞翔，工事里的伪军看到了，立即使用工事里的机枪朝着飞鸟射击，鸟儿被击中了，拍打着翅膀在空中挣扎了一会儿，终于落了下来。碰巧的是，有一只小鸟不偏不倚地正好掉在了小豆豆的身旁。小豆豆的手摸了摸那

☆周大个摇摇头，他从口袋里掏出一个辣椒塞进嘴里嚼着，
　辣得他张大了嘴巴，困意立即消失了，眼睛也睁大了。

只被击中的落在自己身边的小鸟，想了想还是没有敢动，担心要是
伪军过来找的话，那就麻烦了。

☆这时，一只飞鸟在潜伏区上空飞翔，工事里的伪军用机
　枪向飞鸟射击，鸟被击中了，拍打着翅膀挣扎了一会
　儿，终于掉了下来，不偏不倚正好掉在小豆豆身旁。

小豆豆的担心是没有错的。打落了几只鸟以后，敌人工事的伪军还真的走了出来。只见，从敌人工事里跑出来五六个伪军，他们根本就不知道有我们的志愿军已经潜伏在这里，只见他们背着枪，嘻嘻哈哈地朝着志愿军潜伏着的地方走来，来寻找被他们打落的猎物。那几个伪军越来越近了，小豆豆也越来越担心了。

☆从敌人工事里跑出来五六个伪军，他们背着枪，嘻嘻哈哈地
　朝志愿军潜伏的地方走来，来寻找被他们打中的猎物。

丁大勇看到发生了这样的事情，心里非常担心。眼看着那几个伪军就要走到志愿军潜伏的地方，丁大勇发现情况紧急，马上用报话机向军部发出警报："嘘！嘘！嘘！"不到情况十分紧急的时候，丁大勇是不会向军部发出这样的警报的。要是不报，被那几个伪军发现了潜伏着的志愿军的话，那就十分危险了。

志愿军指挥部马上就收到了从志愿军前沿阵地上发过来的警报，参谋马上来到了李军长的跟前，给李军长作了详细的汇报。李军长赶紧来到了报话机的跟前，指挥部的其他人员也听到了，也来到了报话机的跟前。李军长转脸看着参谋命令道："问问前方观察发生了什么情况！"

☆丁大勇发现情况紧急，马上用报话机向军部发出警报："嘘！
嘘！嘘！"

报话机里的警报声还在一直传过来，方政委和慰问团的梅团长
也听到了，他们担心地看着，等待着参谋回来汇报到底发生了什么
事情。

参谋很快就回来汇报："观察所报告，在两分钟之前，听到机枪

☆志愿军指挥部收到了警报，李军长马上命令参谋："问问前方观察
所发生了什么情况！"参谋很快回来报告："观察所报告，在两分钟
之前，听到机枪响，接着下来五六个伪军。"

响，接着下来五六个伪军。"

李军长听了参谋的汇报以后，沉思了一会儿，他心里十分清楚，要是这几个伪军再走近的话，那么就会发现潜伏的志愿军战士们，想到这儿，李军长果断地说："命令前沿部队，把下山的敌人全部干掉，一个都不准进入潜伏区。"

☆李军长果断地说："命令前沿部队，把下山的敌人全部干掉，
一个也不准进入潜伏区。"

参谋听了李军长的话后，马上答应道："是。"说完就赶紧传达李军长的命令去了。

问题解决了，李军长转过身来看了看方政委和梅团长。方政委和梅团长也回到了座位上。

敌人抱着枪还在一直往前跑，寻找那几只被打下来的小鸟。敌人刚刚兴奋地跑到半山腰，我们的阵地上就突然响起了一阵枪响，几个敌人立即倒了下去，剩下的一个敌人也受了伤，赶紧掉头转身往山上跑去。潜伏区的志愿军战士们也都清楚地看到了那几个敌人已经被我们的机枪给收拾掉了。志愿军战士们都松了一口气。崔凯也松了口气，立即用报话机向指挥部报平安。

☆敌人刚跑到半山腰，一阵枪响，几个敌人立即倒了下去，剩下的一个敌人也受了伤，往山上跑去。崔凯这时才松了口气，立刻用报话机向指挥部报平安。

　　志愿军的指挥所里清楚地听到了志愿军传回来的平安警报声。大家紧张的情绪稍微得到了点缓解。黄昏，天已经渐渐地暗了下来。

☆黄昏，天已经慢慢地暗了下来。突然，敌人向我军前沿阵地进行炮击，一发炮弹在丁大勇身后的草丛中爆炸，掀起了弥天的尘烟，燃起了熊熊的烈火。

突然，敌人向我军的前沿阵地上进行着猛烈的炮击，一发炮弹正好在丁大勇身后的草丛中爆炸，立刻掀起了弥天的尘烟，草地上立刻燃起了熊熊的烈火。

　　火势越烧越旺了，滚滚的浓烟慢慢地向丁大勇埋伏的地方逼近。在丁大勇周围不远处潜伏的志愿军战士们都朝着丁大勇那边望去。尹玉善、小豆豆、周大个就在丁大勇的附近，他们都用焦急的目光注视着。崔凯看到这样的情况发生，心里十分着急，真想自己赶紧上去把丁大勇周围的火势控制住，可是现在他不能，他没有办法了，于是赶紧向指挥部发出了紧急警报。

☆火势越烧越旺，滚滚浓烟慢慢地向丁大勇埋伏的地方逼近。
尹玉善、小豆豆、周大个都用焦急的目光注视着。崔凯赶紧
向指挥部发出了紧急警报。

　　听到潜伏区的志愿军战士们发过来的紧急警报，我军的指挥部里顿时又紧张起来了，人们屏住了呼吸，围聚在报话机旁边。参谋走进来向首长报告："军长，刚才敌人向我前沿打冷炮，有几发炮弹落在了部队潜伏的地方，把草打着了。"

　　李军长听了，心急如焚，虽然还保持着镇静的姿态，但是他的

☆我军指挥部里顿时又紧张起来，人们屏住呼吸围聚在报话机
旁。这时，参谋来报告："军长，刚才敌人向我前沿打冷炮，
有几发炮弹落在部队潜伏的地方，把草打着了。"军长听了，
心急如焚，虽然还保持着镇静的姿态，但额头上已经渗出了
颗颗汗珠。

额头上已经渗出了颗颗汗珠，李军长把自己军装的扣子给解开了。
他这是着急啊！眼看着自己的志愿军战士的生命就要受到威胁了，
该怎么办呢？他得赶紧想出解决的办法啊！

　　噼啪作响的火舌已经烧到了离丁大勇只有十来步远的地方，黑
色的浓烟已经漫及了丁大勇，只见丁大勇用手在地上挖个小坑，把
头埋在里边咳嗽，以免发出声音，火舌烧得离丁大勇越来越近了，
小豆豆看在眼里，急在心里，只见他额头上的大汗珠直往下滴，他
实在是耐不住了，给丁大勇示意自己要过来帮他，被丁大勇严厉的
目光给制止住了。

　　此时志愿军的向导尹玉善也埋伏在离丁大勇旁边不远的地方，
丁大勇周围所发生的一切她都清清楚楚地看在眼里。自己虽然离得
这么近，却只能眼看着自己的同志在那里忍受着痛苦的折磨而无能

☆噼啪作响的火舌已经烧到离丁大勇只有十来步远的地方，黑色的浓烟漫及了丁大勇，他用手在地上挖个小坑，把头埋在里边咳嗽，以免发出声音。火舌越来越近了，小豆豆耐不住了，要过来帮他，被丁大勇用严厉的命令的目光制止了。

为力，眼看着自己的战友有危险而自己却不能上前帮助，尹玉善的心里感到非常着急，额头上冒出了豆大的汗珠。

☆尹玉善埋伏在丁大勇旁边不远的地方，眼看着战友有危险却不能去帮助，急得她额头上冒出了豆大的汗珠。

在我军的指挥部里，气氛越来越紧张，大家都在为丁大勇捏着一把汗。此刻，梅团长也在我军的指挥部里，看着眼前的一切，她的心里十分清楚，这是遇到难题了。在这样的时刻，任何的决定都会使整个战役发生巨大的变化。梅团长来到了方政委的跟前，只见她看着方政委深情地叫道："方政委。"随后伸出手来拉住了方政委的手，看着方政委，接着说，"请告诉孩子，要记住毛主席的话，我们是为保卫和平，反对侵略者而战，要想着胜利，要坚持住。"方政委听了梅团长说的话以后，感动地对这位英雄的母亲说："梅团长，放心吧，大勇会坚持住的。"

☆在我军指挥部里，气氛越来越紧张，大家都为丁大勇捏着一把汗。"方政委。"梅团长握着方政委的手说："请告诉孩子，要记住毛主席的话，我们是为保卫和平，反对侵略者而战，要想着胜利，要坚持住。"方政委感动地对这位英雄的母亲说："梅团长，放心吧，大勇会坚持住的。"

潜伏区里，无情的大火已经逼近了丁大勇，火舌已经烧到了丁大勇的左腿，可是为了不暴露目标，为了潜伏任务的胜利完成，丁大勇一动不动，顽强地坚持着，为了忍住疼痛，丁大勇将自己的双手使劲地插进了土里。此时，他想到了妈妈，想到了妈妈对他说的话："孩子，要记住旗帜上的话，祖国信任你，为了祖国，为了朝鲜，要狠狠打击美国侵略者。"

☆潜伏区里，无情的火焰已逼近丁大勇，火舌已烧到了他的左腿，可为了不暴露目标，为了潜伏任务的胜利完成，丁大勇一动不动，顽强地坚持着，为了忍住疼痛，他的双手使劲插进了土里。此时，他想到了妈妈，想到了妈妈对他说的话："孩子，要记住旗帜上的话，祖国信任你们，为了祖国，为了朝鲜，要狠狠打击美国侵略者。"

第九章

危急时总攻开始

金哲奎和一群朝鲜群众，被伪军押在山坡上。白昌璞愤怒地看着金哲奎，气得简直要发疯，任凭自己怎样的折磨利诱，金哲奎就是不招。面对白昌璞的步步紧逼，金哲奎瞪着双眼，对着白昌璞怒斥道："生，为了祖国的自由独立而生。死，为了祖国的彻底解放而死。这是无尚光荣的，是人生最大的愉快，这些，你懂吗？"

☆金哲奎和一群朝鲜群众，被伪军押在山坡上。金哲奎怒斥白昌璞说："生，为了祖国的自由独立而生。死，为了祖国的彻底解放而死。这是无尚光荣的，是人生最大的愉快，这些，你懂吗？"

白昌璞听了以后，觉得金哲奎这是在做白日梦，只见他狰狞地狂笑着，鄙视地说："哈哈！难道你真的相信你们会胜利吗？"

金哲奎看着白昌璞，坚定而有力地对着他回答道："胜利一定属于人民。"白昌璞恶狠狠地看着金哲奎，发出丧心病狂的笑声，接着又说："谁能阻止我们进攻？谁？"说着，他回头朝着他自己手下的伪军们看了一眼，伪军们故意做出了一个没有办法的样子。白昌璞看着金哲奎又问："难道是你吗？"

☆白昌璞狰狞地狂笑："哈哈！难道你真的相信你们会胜利吗？"
　金哲奎坚定地回答他："胜利一定属于人民。"白昌璞又说："谁
　能阻止我们进攻？谁？难道是你吗？"

白昌璞说的话，金哲奎根本就没有放在心上，他知道这是敌人最后的猖狂，离他们的末日已经不远了。金哲奎怒视着满脸横肉的白昌璞，坚毅地说："我不过是沧海里的一滴水，可是千百万被压迫的劳动人民，他们，就是他们，可以阻止你们进攻，彻底地消灭你们！"

看着金哲奎那毫不畏惧的样子，白昌璞气得暴跳如雷，只见他愤怒地看着金哲奎，大声地喊道："住口！你给我住口！"

听到这儿，金哲奎走近白昌璞，白昌璞面对着金哲奎的步步紧逼，不停地往后退。金哲奎愤怒地说："这能抑制你的恐惧症吗？"

白昌璞看着金哲奎愤怒地吼道："顽固的共产党，我要把你剁成肉泥！"白昌璞怒吼完，金哲奎哈哈大笑了起来。白昌璞说着举起手

☆金哲奎怒视着白昌璞说："我不过是沧海的一滴水，可是千百万被压迫的劳动人民，他们，就是他们，可以阻止你们进攻，彻底地消灭你们！"

中的大刀就要朝金哲奎砍去。就在这时，突然，一阵激烈的炮声传来，白昌璞吓得放下了军刀。他们计划的进攻时间还没有到，这儿

☆白昌璞气得暴跳如雷，大喊着："住口！你给我住口！顽固的共产党，我要把你剁成肉泥！"白昌璞举起军刀欲向金哲奎砍法。突然，一阵激烈的炮声传来，白昌璞吓得放下了军刀。

怎么能有炮声呢？白昌璞一时还没有明白到底发生了什么事。

榴弹在怒吼，火箭炮炮弹托着长长的火尾，飞驰电掣般地飞向了敌人的阵地。此时在敌人的阵地上，连续的炮弹爆炸，铁丝网、木块、地堡，飞向了天空，掀起了弥天的烟雾。我军已经开始进攻了。敌人还不知道现在到底是怎么回事，也不知道怎么突然有这么大的炮声。白昌璞在自己的阵地上，看到这样的情况发生，也是摸不着头脑呢。

☆榴弹在怒吼，火箭炮炮弹托着长长的火尾，风驰电掣般地飞向敌阵。敌人的阵地上，连续的炮弹爆炸，铁丝网、木块、地堡，飞向天空，掀起弥天的烟雾。我军开始进攻了。

在潜伏地，丁大勇的左腿已经被烧伤了，衣服也被烧黑了，只见丁大勇强忍着剧烈的疼痛挣扎着站了起来，感到了一阵眩晕。是啊，在那里趴着强忍了这么久，到现在终于能站起来了。尹玉善赶紧朝着丁大勇跑过来，到丁大勇的跟前，把自己手里拿着的一件衣服赶紧给他披在了身上。丁大勇赶紧对尹玉善说："别管我，快去带路。"

☆在潜伏地，丁大勇的左腿已经烧伤，衣服也都烧黑了，他强忍着剧烈的疼痛挣扎着站起身，感到一阵眩晕。尹玉善跑过来给他披上了一件衣服，丁大勇对她说："别管我，快去带路。"小豆豆和周大个也跑过来，周大个背起丁大勇就随部队向深谷里插去。

小豆豆和周大个也跑过来了，看着丁大勇都喊道："班长！班长！"丁大勇已经没有力气了，只觉得一阵眩晕，周大个马上背起丁大勇就随着部队向着深谷插去。

在一块洼地里，尹玉善给丁大勇包扎了受伤的腿。丁大勇见自己的腿已经包扎好了，就对尹玉善说："尹玉善同志，你赶紧走吧。"

小豆豆不放心丁大勇，看着丁大勇说："班长，你……"

周大个抬起头来，看着小豆豆说："小豆豆，你们走吧。"

　　小豆豆听了以后，赶紧说："是，走！"说完，小豆豆和尹玉善就赶紧走了。

　　崔凯跑过来了，看着丁大勇说："丁大勇。"

　　丁大勇强忍着痛疼，大声地答应："到！"

　　崔凯关切地说："怎么样了？"还没等丁大勇回答，崔凯马上叫来卫生员，说："把丁大勇送回指挥所去。"

　　丁大勇赶紧站起来，看着崔凯坚定而又恳切地说："不！说什么我也不能回去呀！"

☆在一块洼地里，尹玉善给丁大勇包扎了受伤的腿。这时，崔凯跑过来关切地问："丁大勇，怎么样？"还没等丁大勇回答，崔凯马上叫来卫生员："把丁大勇送回指挥所去。"丁大勇坚定而又恳切地说："不！说什么我也不能回去呀！"

　　崔凯看着丁大勇还是劝道："大勇，我们的任务是穿插，腿烧成这样怎么行呢？"

丁大勇还在坚持:"我能走,我知道这一仗的重要,副团长,你放心吧,我决不辜负党和祖国人民对我的希望。"

崔凯听了深受感动。他佩服地看了看丁大勇,只得无可奈何地说:"好!跟我走!"

周大个说:"是!"说完,他们很快就消失在了夜色中。

☆崔凯还是劝他:"大勇,我们的任务是穿插,腿烧成这样怎么行呢?"丁大勇还是坚持说:"我能走,我知道这一仗的重要,副团长,你放心吧,我决不辜负党和祖国人民对我的希望。"崔凯无可奈何地说:"好!跟我走!"他们很快就消失在夜色中。

就在这个时候,我们的志愿军战士和朝鲜人民军扔出的炮弹在敌人的阵地上连连爆炸,烟雾、信号弹、照明弹布满了整个天空。志愿军突击部队随着坦克向山上冲去,突破了敌人的一道道防线。就在这个时候,朝鲜人民军发起了最后的进攻,战士们齐心协力,很快就占领了811.7高地。

☆敌阵地上炸弹连续爆炸，烟雾、信号弹、照明弹布满天空。志愿军
  突击部队随着坦克向山上冲去，突破了敌人的一道道防线。朝鲜人
  民军发起了最后的进攻，很快就占领了 811.7 高地！

　　人民军指挥所。朝鲜人民军迅速地占领了预定的阵地，韩军团长见战争进展得这么顺利，心里非常高兴，想把这个好消息尽快地告诉志愿军的李军长。想到这儿，只见韩军团长快步来到电话机旁，拿起电话给对方说："喂！李军长同志吗？是的是的，我告诉你一个好消息呀，我们的部队已经攻占了 811.7 高地，正向敌人纵深发展。"

　　在志愿军的指挥部里，接电话的正是志愿军的李军长。李军长听了韩军团长说的话以后，心里非常高兴。得知战士们都已经完成了预定的目标，李军长非常高兴地对韩军团长说："好啊！祝贺你们啊，你们的胜利给予了我们很大的支援，我们的穿插部队已经顺利地通过了敌人的防线，现在，正向白虎团团部迂回。"

　　深夜，我志愿军的穿插部队在崔凯的指挥下，正在向着敌人的

☆人民军指挥所。韩军团长兴奋地拿起电话："喂！李军
　长同志吗？我告诉你一个好消息呀，我们的部队已经攻
　占了 811.7 高地，正向敌人纵深发展。"

白虎团团部进发。崔凯站在一处高地上，对着战士们喊道："同志
们，前进!"

☆深夜，我军穿插部队在崔凯的指挥下，正在向敌人白虎
　团团部进发。

☆志愿军指挥部。李军长听了韩军团长的电话，非常高兴地说：“好啊！祝
贺你们啊，你们的胜利给予了我们很大的支援，我们的穿插部队已经顺利
地通过了敌人的防线，现在，正向白虎团团部迂回。”

　　志愿军的战士们越战越勇，他们一个个都忘记了疲劳，完全投
入了与敌人激烈的战斗之中。崔凯看着战士们高涨的战斗热情，心
里非常高兴。战士们一个个像下山的猛虎，纷纷争着奋勇地向前，
一个也不甘落后，都想着尽快到达敌人的驻地。

　　在白虎团团部前的广场上，敌人这个时候已经被我们的部队打
得乱作了一团。只有挨打的份，没有了一点还击的力气。白昌璞再
也没有之前的威风，他怎么也没有想到自己的失败会来得这么快，
来得这么早。白昌璞此刻正在吉普车旁边，暴跳如雷地用报话机发
布着命令：“顶住！给我顶住！命令你组织部队反扑，没有我的命令
丢掉米苏里我要你的脑袋！”

　　正在这时，一辆吉普车疾驰而过，来到了白昌璞的跟前，吉普

☆白虎团团部前的广场上。白昌璞在吉普车旁，暴跳如雷地用报话机
  发布命令："顶住！给我顶住！命令你组织部队反扑，丢掉米苏里
  我要你的脑袋！"

车猛地停了下来。从吉普车上跳下来的是美军的布洛克上校。他手
握着手枪，来到白昌璞的面前，一边比划着一边对白昌璞就破口大

☆这时，从一辆飞驰的吉普车上跳下美军的指挥官布洛克，他手里握
  着手枪，一边比划着一边对白昌璞破口大骂："白昌璞！你这条毒
  蛇，你的兵全是饭桶，你把共产党给放过来了，把我们给出卖了！"

骂了起来："白昌璞！你这条毒蛇，你的兵全是饭桶，你把共产党给放过来了，把我们给出卖了！"

已经到了现在这样的境地，白昌璞也顾不了那么多了，面对布洛克的破口大骂，白昌璞愤怒地瞪着他，毫不示弱地喊道："你这是污蔑！"

布洛克上校见白昌璞这么对自己，对着白昌璞愤怒地喊道："呸！难道中国佬是从天上掉下来的？"

白昌璞被布洛克上校骂得莫名其妙，他慌忙辩解道："这不可能，我的增援部队已经上去了！"

☆白昌璞也不示弱："你这是污蔑！"布洛克又喊道："难道中国佬是从天上掉下来的？"白昌璞被骂得莫名其妙，他慌忙辩解说："这不可能，我的增援部队已经上去了！"

"你看看！"布洛克上校见白昌璞到这个时候还不相信，于是他指着公路上驶过来的两辆逃命的摩托车，对白昌璞愤怒地喊道。

　　白昌璞转过头，顺着布洛克手指的方向看去，只见车上的美国士兵有的扎着绷带，有的吊着负伤的胳膊，后面还跟着一群狼狈逃窜的士兵。白昌璞见势不妙，大声地对副官说："命令警卫部队，组织抵抗！"

☆"你看看！"布洛克指着公路上驶过来的两辆逃命的摩托车，车上的
　美国士兵有的扎着绷带，有的吊着负伤的胳膊，后面还跟着一群狼
　狈逃窜的士兵。白昌璞见势不妙，大声对副官说："命令警卫部队，
　组织抵抗！"

　　副官听了以后，赶紧答应道："是。"

　　布洛克上校知道大势已去，只见他赶紧上了吉普车，对着司机大声地喊道："快开车！快走！"

　　吉普车司机就加大油门，快速开走了。白昌璞看着疾驰而出的布洛克上校的吉普车，愤怒地喊道："可耻！"随后，白昌璞命令接线员："接师部。"

　　白昌璞接通了师部的电话，说："师部，白昌璞向你报告，在

414公路上发现了大批的中国军队。什么？你们那儿也发现了中国军队？"

☆布洛克知道大势已去，赶紧上了吉普车逃跑了。白昌璞接通了师部的电话："师部，白昌璞向你报告，在414公路上发现了大批的中国军队。什么？你们那儿也发现了中国军队？"白昌璞扔下报话机听筒，慌忙跳上吉普车："开车！"

☆这时，崔凯率领的穿插部队已经冲进了白虎团的大院里，战士们一边冲锋一边用枪扫射着，打得敌人狼狈逃窜。

白昌璞赶紧扔下了报话机听筒，慌忙跳上吉普车，说："开车！"

就在这时，崔凯率领的穿插部队已经冲进了白虎团的大院里，战士们一边冲锋一边用枪扫射着，打得敌人狼狈逃窜。

敌人见白昌璞团长也已经逃走了，更是没有了主意，也没有了一点还击的能力。要是白昌璞稍微慢一点的话，就会被志愿军的战

☆丁大勇一脚踹开白虎团团部的门，进门就用冲锋枪向屋里横扫了一梭子，一个没来得及逃跑的伪值班参谋被击毙倒地。

士们给活捉了。但这个狡猾的白虎团团长还是赶在志愿军到来之前逃走了。

丁大勇进了白虎团的大院后，上前一脚踹开了白虎团团部的门，用自己手里的冲锋枪朝着屋子里的每一个地方横扫了一梭子，一个没来得及逃跑的伪值班参谋被击毙倒在了地上。这些伪军的值班参谋平日里蛮横得要命，但是一到这样关键的时候，就不行了，一点也撑不起架子，只能束手就擒了。

随后丁大勇上前顺手扯下了挂在墙上的白虎团大旗，向着刚跑

进来的崔凯报告："副团长，敌人全跑光了。"丁大勇一边说着一边把手里扯下的白虎团大旗递给崔凯："你看。"

☆丁大勇顺手扯下了挂在墙上的白虎团大旗，向刚跑进来的崔凯报告："副团长，敌人全跑光了。"说完，他把白虎团旗递给崔凯，崔凯低头看了一眼，命令丁大勇说："好！赶快追击！"

　　崔凯把大旗接过来，拿在手里，低头一看，说："好，赶快追击！"

　　丁大勇喊道："好。"接着就顺着崔凯手指的方向继续追击去了。

　　崔凯和尹玉善正要往外走，就听到白虎团的电话在响，尹玉善上前拿起了电话，放在耳边开始接听。

　　正在这时，有一个战士过来报告："报告副团长，找到一个朝鲜同志。"

　　崔凯赶紧跑了过去，原来是金哲奎被战士们解救了。崔凯来到金哲奎面前，握着他的手说："同志！"

金哲奎握着崔凯的手，感激地说："谢谢你们！谢谢你们啊！"

☆这时有战士报告："报告副团长，找到一个朝鲜同志。"崔凯赶紧跑过去，原来是金哲奎被战士们解救了。金哲奎握着崔凯的手，激动地说："谢谢你们！谢谢你们啊！"

第十章

合围歼灭白虎团

得到敌人动向的尹玉善从白虎团团部里跑了出来，兴高采烈地对崔凯说："副团长，敌人在电话里说，他们的防线已经全被我们突破了。"

☆尹玉善从白虎团团部里跑出来，兴高采烈地对崔凯说："副团长，敌人在电话里说，他们的防线全被我们突破了。"

崔凯听了以后，心里也非常高兴，点了点头说："嗯，好啊。"

金哲奎认出了尹玉善，只见他强支起身子看着尹玉善喊道："尹玉善!"

尹玉善听到喊声，扑到金哲奎的跟前，握住金哲奎的手，激动地流下眼泪说："金哲奎同志，你……"

金哲奎看着尹玉善，安慰她说："我很好。"

尹玉善告诉金哲奎："白昌璞向鹰峰逃跑了。"

☆这时，金哲奎认出了尹玉善，强支起身子喊她："尹玉善!"尹
玉善扑到金哲奎跟前，握住他的手，激动地流下眼泪："金哲
奎同志，你……"金哲奎安慰她说："我很好。"尹玉善又对金
哲奎说："白昌璞向鹰峰逃跑了。"

金哲奎听了以后，朝着在他周围的志愿军战士们看了看以后，
说："他跑不了!"

☆金哲奎撑起身子说："他跑不了!"大家扶他站起来。金哲奎瞪
着那炯炯有神的眼睛说："同志们，我知道一条小路，我们可
以在鹰峰截住他。"

　　大家把金哲奎扶了起来。金哲奎瞪着那炯炯有神的眼睛对战士们说："同志们，我知道一条小路，我们可以在鹰峰截住他。"

　　鹰峰就在前方，志愿军战士们排着整齐的队伍向山顶挺进。崔凯从通讯员的手里接过报话机，和军长通话："军长吗？我是崔凯，我们已经插到鹰峰了。"

　　☆鹰峰就在前方，志愿军战士们排着整齐的队伍向山顶挺进。崔
　　　凯从通讯员手里接过报话机，和军长通话："军长吗？我是崔
　　　凯，我们已经插到鹰峰了。"

　　李军长站在指挥车前，用报话机对崔凯说："很好！告诉你们一个好消息，敌人的正面防线已经被我们全线突破了，你们要抓紧时间，抢修工事，坚决堵住南逃敌人的退路。"

　　崔凯听了以后，高兴地说："是。"

　　正在此刻，周大个背着报话机走到崔凯的跟前，崔凯指着周大个叫道："周大个！"

　　周大个连忙答应道："是。"

　　崔凯说："来！"

　　周大个来到了崔凯的跟前，崔凯指着前面对周大个说："你带着人到公路上去埋地雷。"

　　周大个立刻说："是。"得到命令的周大个立刻带着战士们到公

☆李军长站在指挥车前，用报话机对崔凯说："很好！告诉你们一个好消息，敌人的正面防线已经被我们全线突破了，你们要抓紧时间，抢修工事，坚决堵住南逃敌人的退路。"

路上埋地雷去了。

崔凯又转过身来对丁大勇说："丁大勇，你们这个班就留在这儿。"

丁大勇连忙说："是。"

☆崔凯放下报话机，命令周大个带人到公路上去埋地雷。回身对丁大勇说："丁大勇，你们这个班就留在这儿，要不惜任何代价守住山头。"丁大勇信心十足地回答："副团长，你放心吧，这个山头我们包下了。"

崔凯嘱咐道："要不惜任何代价守住山头。"

丁大勇信心十足地回答："副团长，你放心吧，这个山头我们包下了。"

"对！对！对！应该包下。"崔凯对丁大勇充满信任，"这次任务很艰巨，南逃的敌人能不能全歼，关键就在我们能不能守住主峰。"

"我们坚决完成任务！"丁大勇响亮地回答。

☆"对！对！对！应该包下。"崔凯对丁大勇充满信任，"这次任务很艰巨，南逃的敌人能不能全歼，关键就在我们能不能守住主峰。""我们坚决完成任务！"丁大勇响亮地回答。

☆鹰峰下，蜿蜒曲折的公路上，尘烟滚滚，南逃敌人的汽车、坦克和步兵队伍正逐渐逼近我军的狙击地点。

崔凯对丁大勇说:"好,我的位置在你的左侧。"

鹰峰下,蜿蜒曲折的公路上,尘烟滚滚,南逃敌人的汽车、坦克和步兵队伍正逐渐逼近我军的狙击地点。

突然,炮弹在敌群中连续爆炸,炸得敌人人仰马翻,东奔西逃,顿时像无头的苍蝇乱作一团。

☆突然,炮弹在敌群中连续爆炸,炸得敌人人仰马翻,东奔西逃,顿时像无头苍蝇乱作一团。

白昌璞和布洛克乘坐的汽车被我军炮火打翻,他们赶紧躲到一辆坦克后面。白昌璞用报话机和师部联系:"师部!师部!我们在鹰峰遇到了共军。什么?什么?你们也遇到了?"白昌璞听了以后,气得把报话机听筒摔到了地上。

布洛克上校急得像热锅上的蚂蚁,看着白昌璞问道:"怎么样?怎么样?"

白昌璞说:"他们全遇到了共军的穿插部队。"

布洛克上校"哎"了一声,抬头看了四周,对白昌璞命令道:"赶快组织部队突围。"

☆白昌璞和布洛克乘坐的汽车被我军炮火打翻，他们赶紧躲到一辆坦克后面。白昌璞用报话机和师部联系："师部！师部！我们在鹰峰遇到了共军。什么？什么？你们也遇到了？"白昌璞气得把报话机听筒摔到地上。布洛克急得像热锅上的蚂蚁，命令白昌璞："快组织突围！"

白昌璞刚要下命令，他的副官满脸包扎着绷带跑来报告："报告团长，共军控制了制高点，我们的人全被打下来了。"

☆白昌璞刚要下命令，他的副官满脸包扎着绷带跑来报告："报告团长，共军控制了制高点，我们的人全被打下来了。"白昌璞勃然大怒："什么！给我组织轮番冲锋！"副官领命去了。

白昌璞听了以后，勃然大怒："什么！给我组织轮番冲锋！"

一场激烈的争夺战开始了，敌人密集的炮火打向我军占领的山头，顷刻间山上变成了一片火海。

☆一场激烈的争夺战开始了，敌人密集的炮火打向我军占领的山头，顷刻间山上变成了一片火海。

☆山腰上，漫山遍野的美军和伪军端着枪向山上爬来，并不停地向山上射击。

　　山腰上，漫山遍野的美军和伪军端着枪向山上爬来，并不停地向山上射击。

　　看到敌人步步逼近了我军的阵地，丁大勇一声怒吼："打！"战士们的机枪、步枪和冲锋枪一起开火，冲在前面的敌人纷纷倒地。

☆看到敌人步步逼近了我军阵地，丁大勇一声怒吼："打！"战士们的
　机枪、步枪和冲锋枪一齐开火，冲在前面的敌人纷纷倒地。

☆周大个架着转盘机枪向敌群猛烈扫射，敌人一片片地倒在他的面
　前。敌人的这次冲锋很快被打退了。

　　周大个架着转盘机枪向敌群猛烈扫射，敌人一片片地倒在他的面前。敌人的这次冲锋很快被打退了。

　　白昌璞又向师部报告："师部！师部！我们已经组织八次冲锋了。"

　　突然，枪声停了。布洛克上校以为他们已经攻下了山头，兴奋地嚷嚷道："冲上去了！冲上去了！"

　　☆白昌璞又向师部报告："师部！师部！我们已经组织八次冲锋了。"
　　突然，枪声停了，布洛克以为他们已经攻下了山头，兴奋地嚷嚷道："冲上去了！冲上去了！"

　　布洛克的话音还没落，一个伪军官跌跌撞撞地跑回来，上气不接下气地说："报！报！报告！敌人……"

　　还没等他说完，白昌璞一枪就把他打死在地，气急败坏地喊道："剃过头的都给我上！"说完，他自己也提着枪上去了。

　　敌人被打下去了，战士们利用间歇的时间赶紧整修工事。丁大勇想喝水，可是水壶已经干了，小豆豆来到了丁大勇的面前，从背包里掏出一个苹果递给他说："班长，这是出发之前朝鲜老乡金玉善

☆布洛克的话音还没落，一个伪军官跌跌撞撞地跑回来，上气不接
下气地说："报！报！报告！敌人……"还没等他说完，白昌璞
一枪把他打死在地，气急败坏地喊道："剃过头的都给我上！"说
完自己也提着枪上去了。

同志送的，给你一个。"

丁大勇接过苹果，托在手上看着，笑着对小豆豆说："不，还是
留到最困难的时候吃吧。"说着，他把苹果又递给了小豆豆。

☆敌人被打下去了，战士们利用间歇时间赶紧整修工事。丁大勇想喝
口水，可水壶已经干了，小豆豆来到丁大勇面前，从背包里掏出一
个苹果递给他说："班长，这是出发之前朝鲜老乡金玉善同志送的，
给你一个。"丁大勇接过苹果，托在手上看着，笑着对小豆豆说：
"不，还是留到最困难的时候吃吧。"说着把苹果又还给了小豆豆。

正在这时，枪声又响了，敌人的又一次进攻开始了。只见山坡上满山遍野的敌人，像蚂蚁一样向我军阵地冲过来了。

☆这时，枪声又响了，敌人的又一次进攻开始了。只见山坡上漫山遍野的敌人，像蚂蚁一样向我军阵地冲过来。

☆战斗要开始了，丁大勇坚定地对战士们说："同志们，敌人又冲上来了，我们一定要用胜利来回答朝鲜人民对我们的支援。打！"说完，跃起身向敌人猛烈射击。

　　战斗又要开始了。丁大勇坚定地对战士们说："同志们，敌人又冲上来了，我们一定要用胜利回答朝鲜人民对我们的支援。打！"说完，跃起身向敌人猛烈射击。

　　敌人的这次进攻又失败了。丧心病狂的敌人调来了飞机，对鹰峰进行狂轰滥炸，阵地上不断地爆炸着，燃烧着。周大个用双手架起转盘机枪，丁大勇瞄准敌人飞机猛烈扫射。一架飞机被击中了，冒着黑烟坠落下去。

☆敌人的这次进攻又失败了，但敌人调来了飞机，对鹰峰进行狂轰滥炸，阵地上不断地爆炸着，燃烧着。周大个用双手架起转盘机枪，丁大勇瞄准敌人飞机猛烈扫射。一架敌机被击中了，冒着黑烟坠落下去。

　　崔凯在战壕里对丁大勇喊话："丁大勇！丁大勇！"

　　从报话机传来声音："我是丁大勇！"

　　崔凯焦急地问："你们那边怎么样？"

　　丁大勇回答："一切正常！"

崔凯命令道："好！一定要坚持住！"

☆崔凯在战壕里对丁大勇喊话："丁大勇！丁大勇！"从报话机里传来声
音："我是丁大勇！""怎么样？"丁大勇回答："一切正常！一切正常！"
崔凯命令说："好！一定要坚持住！"

　　崔凯的话音刚落，一颗炮弹在他身后爆炸，崔凯受伤了。金哲
奎和尹玉善急忙跑过来，扶起崔凯。崔凯坚持着拿起报话机话筒：
"各连注意，各连注意，我是崔凯，现在是考验我们的时候了，要不
惜任何代价守住阵地！"

　　又有一发炮弹在附近爆炸。崔凯抖掉身上的尘土，起身继续喊
话："喂！喂！喂！"但是没有回音，报话机被炸坏了。崔凯转身对
金哲奎说："金哲奎同志，请你快去告诉丁大勇，传达我的命令，不
准放走一个敌人，一直坚持到主攻部队到达为止。"

　　"好！"金哲奎喊来卫生员照顾副团长，就和尹玉善一起沿着交
通沟跑去。

☆崔凯话音刚落，一颗炮弹在他身后爆炸，崔凯受伤了。金哲奎和尹玉善急忙跑过来，扶起崔凯。崔凯坚持着拿起报话机话筒："各连注意，各连注意，我是崔凯，现在是考验我们的时候了，要不惜任何代价守住阵地！"

☆这时，又有一发炮弹在附近爆炸。崔凯抖掉身上的尘土，起身继续喊话："喂！喂！喂！"但没有回音，报话机被炸坏了。崔凯转向金哲奎："金哲奎同志，请你快去告诉丁大勇，传达我的命令，不准放走一个敌人，一直坚持到主攻部队到达为止。""好！"金哲奎喊来卫生员照顾副团长，就和尹玉善一起沿着交通沟跑去。

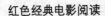
小豆豆刚刚打退了眼前的敌人，正要擦把汗，突然背后传来炸弹的爆炸声。小豆豆回头一看，山岗上插着的那面"祖国信任你"的红旗被炸倒了。他惊叫了一声："红旗！"

☆小豆豆刚刚打退了眼前的敌人，正要擦把汗，突然背后传来炸弹的爆炸声。小豆豆回头一看，山岗上插着的那面"祖国信任你"的红旗被炸倒了。他惊叫了一声："红旗！"

☆小豆豆立刻跃起身，冒着炮火和硝烟，向山岗上跑去，他扑到红旗上，用力把红旗竖起来。

　　小豆豆立刻跃起身，冒着炮火和硝烟，向山岗跑去，他扑到红旗上，用力把红旗竖起来。

　　又有一颗炸弹飞来，在小豆豆的身边爆炸。当硝烟散去，只见红旗傲然屹立，虽然被炮火烧焦，被气浪撕烂，但旗上"祖国信任你"五个大字赫然在目。

☆又一颗炸弹飞来，在小豆豆的身边爆炸。当硝烟散去，只见红旗傲然屹立，虽然被炮火烧焦，被气浪撕烂，但旗上"祖国信任你"五个大字赫然在目。

　　小豆豆倒下了，他被炸昏在红旗下面，丁大勇把身负重伤的小豆豆抱下山岗。

　　丁大勇把小豆豆放在战壕里，周大个拖着负伤的双腿爬到小豆豆的跟前，取出水壶往小豆豆的嘴里倒水。小豆豆慢慢地苏醒了过来，睁开眼睛说："班长，我们的红旗呢？"

　　丁大勇告诉小豆豆："你看，那不是还在山头上飘吗？"

☆小豆豆倒下了，他被炸昏在红旗下面，丁大勇把身负重伤的小豆豆抱下山岗。

☆丁大勇把小豆豆放在战壕里，周大个拖着负伤的双腿爬到小豆豆跟前，取出水壶往小豆豆嘴里倒水。小豆豆慢慢苏醒过来，睁开眼睛问道："班长，我们的红旗呢？"丁大勇告诉小豆豆："你看，那不是还在山头上飘吗？"

小豆豆对班长说："是啊！班长，我看到了。"说完，小豆豆用手指着阵地前方说："美国鬼子，你炸吧！你能把山头炸平，可是你永远也炸不倒我们树在鹰峰上的这面红旗。"

☆小豆豆并没有回头看，他对班长说："是啊！班长，我看到了。"说完，小豆豆用手指着阵地前方说："美国鬼子，你炸吧！你能把山头炸平，可是你永远也炸不倒我们树在鹰峰上的这面红旗。"

☆丁大勇用手在小豆豆眼前晃了晃，发现他已经什么也看不见了。"小豆豆！你的眼睛？"丁大勇喊着。小豆豆对班长说："班长，我的眼睛暂时什么也看不见了，可是，那面红旗还一直在我的眼前飘着，它飘啊！飘啊！我想北京……北京会看到的，毛主席也会看到的。"

丁大勇用手在小豆豆眼前晃了晃，发现他已经什么也看不见了。"小豆豆，你的眼睛？"丁大勇喊着。小豆豆对班长说："班长，我的眼睛暂时什么也看不见了，可是，那面红旗还一直在我的眼前飘着，它飘啊！飘啊！我想北京……北京会看到的，毛主席也会看到的。"

小豆豆手里拿着那个苹果，送到丁大勇的面前说："祖国人民信任我们，朝鲜人民也信任我们……"

☆小豆豆手里拿着那个苹果，送到丁大勇面前说："祖国人民信任我们，朝鲜人民也信任我们……"

话没说完，小豆豆满脸含着微笑死去了。丁大勇和周大个热泪盈眶，悲痛地呼喊着："小豆豆！小豆豆！"小豆豆的手里还攥着那个一直没有舍得吃的苹果。

金哲奎和尹玉善身背着弹药，冒着敌人的炮火，向丁大勇他们坚守的阵地跑去。前沿阵地已被炸成一片焦土，没有一点动静，两人四处喊着："丁大勇！丁大勇！"

☆话没说完，小豆豆满脸含着微笑死去了。丁大勇和周大个热泪盈眶，悲痛地呼喊着："小豆豆！小豆豆！"小豆豆的手里还攥着那个一直没有舍得吃的苹果。

☆金哲奎和尹玉善身背着弹药，冒着敌人的炮火，向丁大勇他们坚守的阵地跑去。前沿阵地已被炸成一片焦土，没有一点动静，两人四处喊着："丁大勇！丁大勇！"

金哲奎和尹玉善终于找到了丁大勇，告诉他副团长受伤了，副团长让他传达命令。爆炸声中，丁大勇拿起报话机，向各连传达崔凯的命令。

☆金哲奎和尹玉善终于找到了丁大勇，告诉他副团长负伤了，副团长让他传达命令。爆炸声中，丁大勇拿起报话机，向各连传达崔凯的命令。

☆敌人又开始进攻了，金哲奎和尹玉善也投入了战斗，和丁大勇他们一起，狠狠地打击来犯的敌人。

　　敌人又开始进攻了，金哲奎和尹玉善也投入了战斗，和丁大勇他们一起，狠狠地打击来犯的敌人。

☆战士们英勇顽强地打击敌人，手榴弹在敌群中不断爆炸，敌人在阵地
　前一片片地倒下。子弹打完了，战士们装上刺刀，跳出了战壕，扑向
　敌群。

☆丁大勇端着冲锋枪，从一个山头奔向另一个山头，不停地向敌人射
　击，打得敌人四处逃窜。

战士们英勇顽强地打击敌人，手榴弹在敌群中不断爆炸，敌人在阵地前一片片倒下。子弹打完了，战士们装上刺刀，跳出了战壕，扑向敌群。

丁大勇端着冲锋枪，从这个山头奔向另一个山头，不断地向敌人射击，打得敌人四处逃窜。

白昌璞连滚带爬地往山下奔逃，正好被金哲奎碰个正着，白昌璞一看无处可逃，举起战刀冲向金哲奎，想进行垂死挣扎，被金哲奎一通扫射击毙。

☆白昌璞连滚带爬地往山下奔逃，正好被金哲奎碰个正着，白昌璞一看无处可逃，举起战刀冲向金哲奎，想进行垂死挣扎，被金哲奎一通扫射击毙。

布洛克也在拼命地逃跑，尹玉善在后面紧紧追赶，眼看追到跟前，布洛克突然转回身，举起刺刀向尹玉善扑来。丁大勇正好赶到，"哒！哒！哒！"一梭子弹将布洛克打死。

☆布洛克也在拼命地逃跑，尹玉善在后面紧紧追赶，眼看追到
　跟前，布洛克突然转回身，举起刺刀向尹玉善扑来。丁大勇
　正好赶到，"哒！哒！哒！"一梭子弹将布洛克打死。

山下，一大群敌人又向鹰峰主峰猛冲过来。

☆山下，一大群敌人又向鹰峰主峰猛冲过来。

　　丁大勇、金哲奎和尹玉善跳上一块大岩石，把手里仅有的手榴弹和雷管投向了敌群。正在这个时候，远处传来了我军雄壮、嘹亮的冲锋号声。

☆丁大勇、金哲奎和尹玉善跳上一块大岩石，把手里仅有的手榴弹和雷管投向了敌群。正在这个时候，远处传来了我军雄壮、嘹亮的冲锋号声。

☆中国人民志愿军和朝鲜人民军的战士们高举着战旗，以排山倒海之势冲向敌人，呼喊声响彻山谷。南逃的敌人被彻底消灭了。

中国人民志愿军和朝鲜人民军的战士们高举着战旗，以排山倒海之势冲向敌人，呼喊声响彻山谷。南逃的敌人被彻底消灭了。

志愿军和人民军胜利会师，战士们热烈地拥抱在一起，尽情地庆祝着胜利。

☆志愿军和人民军胜利会师，战友们热烈地拥抱在一起，尽情地庆祝着胜利。

金哲奎和尹玉善风尘仆仆地走过来，人民军韩军团长走上前，紧紧地握着他们的手，激动地说："金哲奎同志，你们的任务完成得很好！"

金哲奎和尹玉善齐声回答："为祖国服务！"

志愿军的英雄崔凯、丁大勇和周大个一起走下山来。丁大勇手里紧紧地握着那面被炮火烧焦了的红旗，李军长和他们亲切握手。李军长从丁大勇手里接过红旗，对他们说："同志们！你们没有辜负祖国人民对你们的信任，你们打得很好！"崔凯三人高声回答："为

☆金哲奎和尹玉善风尘仆仆地走过来，人民军韩军团长走上前，紧紧地握着他们的手，激动地说："金哲奎同志，你们的任务完成得很好！"金哲奎和尹玉善齐声回答："为祖国服务！"

☆志愿军的英雄崔凯、丁大勇和周大个一起走下山来，金大勇手里紧紧地握着那面被炮火烧焦了的红旗，李军长和他们亲切握手。李军长从丁大勇手里接过红旗，对他们说："同志们！你们没有辜负祖国人民对你们的信任，你们打得很好！"崔凯三人高声回答："为了祖国！为了和平！"

了祖国！为了和平！"

　　中朝两国的战旗在迎风飘扬。旗帜染上了无数烈士的鲜血，历经了抗击美帝国主义战争的洗礼，谱写了中朝两国人民追求幸福解放、保卫世界和平的历史篇章。

电影传奇

导演华纯小传

华纯，著名导演，原名冯廷年，1920 年 1 月 16 日出生在山西洪洞县。1937 年，初中未毕业就参加了新四军，1939 年任吕梁专署剧团教员，1940 年进入延安鲁迅艺术学院戏剧系学习，后任战斗剧社戏剧股股长，中国人民解放军一野三军文工团团长等职。1952 年调到八一电影制片厂任导演，不久就接受了拍摄荆江分洪的纪录片任务，由于第一次接触电影，对电影的拍摄还不熟悉，因而他没有很好地完成这次拍摄任务。从此华纯决定从头学习，早日踏进电影艺术的"大门"。随后，他又参加了纪录片《钢铁运输线》的拍摄，并参与了编辑工作，从中体会到创作人员上剪辑台的重要性，导演通过镜头的有机调动，可以加强突出素材的作用。该片 1957 年获得文化部颁发的优秀纪录影片二等奖。

从 1957 年开始，华纯先后与冯一夫、成荫等著名导演一起拍摄了歌剧片《红霞》和故事片《万水千山》等。他虚心好学，从这些著名导演处学到了不少有益的东西，较好地掌握了拍摄故事片的技能。1962 年，他独立导演了歌颂国共合作抗敌的影片《东进序曲》，在拍摄中，他注意情节的变化衔接，故事紧凑，扣人心弦，让观众随着故事情节的发展，而身临其境。影片上映后，得到观众的好评。

十年动乱中，影片被"四人帮"扣上一大堆莫须有的罪名，被禁锢了十余年。粉碎"四人帮"后，影片重获公映，再次受到观众的好评。继《东进序曲》后，华纯又相继导演了《椰林怒火》、《打击侵略者》、《铁甲008》等电影，其中不乏好影片，但也反映出一些不足，如人物的描写比较粗糙，形象不够鲜明，有些情节存在虚假。如《铁甲008》就属于此类影片，因此，没有收到预想的效果。

华纯参与的电影

《钢铁运输线》 …………………………………… 1954 年

《原子能时代》 …………………………………… 1955 年

《水》 ……………………………………………… 1957 年

《红霞》 …………………………………………… 1958 年

《五朵红云》 ……………………………………… 1959 年

《万水千山》 ……………………………………… 1959 年

《东进序曲》 ……………………………………… 1962 年

《革命历史歌曲表演唱》 ………………………… 1963 年

《打击侵略者》 …………………………………… 1965 年

《椰林怒火》 ……………………………………… 1965 年

《激战无名川》 …………………………………… 1975 年

《雪山泪》 ………………………………………… 1979 年

《铁甲008》 ……………………………………… 1980 年

《剑归》 …………………………………………… 1983 年

作曲家傅庚辰小传

　　傅庚辰，著名作曲家，1935 年出生，满族。历任中国人民志愿军政治部歌舞团、解放军总政治部歌舞二团创作员，八一电影制片厂作曲、音乐组组长，总政治部歌舞团团长，中国音协第四届理事、第五届常务理事，中国电影音乐学会副会长。1983 年调任总政歌舞团团长，中国电影音乐学会副会长等职务。

　　1935 年，傅庚辰出生于黑龙江双城。12 岁参军离开家乡，在东北音乐工作团当一名小演员。1948 年音工团与原鲁迅艺术学院文工团合并，成立东北鲁迅文艺学院，他被分配在音乐系第三班学习小提琴。1950 年，在东北人民艺术剧院歌舞团乐队工作。1953 年参加了慰问中国人民志愿军代表团东北分团，赴朝鲜慰问，并荣立三等功以及志愿军西海指挥部荣誉奖状。1954 年被送到东北音乐专科学院（现沈阳音乐学院）作曲系学习。1957 年毕业后，分配至志愿军文工团当创作员。1961 年调入八一厂作曲组，开始了他的创作活动。1964 年他为故事片《雷锋》所作的音乐受到了好评，这也是他的成名作。在此期间，他还创作过影片《打击侵略者》的插曲及影片《地道战》中的插曲。

　　1974 故事片《闪闪的红星》诞生。它给当时除了"样板戏"以外看不到其他形式的节目带来了一线生机。音乐生动地体现了主人公潘冬子的乐观革命精神。"文化大革命"结束以后，傅庚辰更加热情地投入创作，相继写出了《走在战争前面》、《挺进中原》等多部电影音乐。

　　傅庚辰的创作生活虽不很长，中间还经历了"文化大革命"，但他所取得的成就是很显著的。每一部影片的创作，他都认真钻研资料，根据影片发生的地区，寻找该地区的音乐素材，加上他自己渊博的音乐功底，创作出了既富有民族风格，又带着浓厚地方色彩的音乐，既通俗易懂又不失大家风范。

傅庚辰参与的电影

《英雄坦克手》 …………………………………………… 1962 年

《假日》 …………………………………………… 1963 年

《我们都是神枪手》 …………………………………… 1963 年

《雷锋》 …………………………………………… 1964 年

《地道战》 …………………………………………… 1965 年

《打击侵略者》 …………………………………………… 1965 年

《闪闪的红星》 …………………………………………… 1974 年

《南海长城》 …………………………………………… 1976 年

《走在战争前面》 …………………………………… 1978 年

《雪山泪》 …………………………………………… 1979 年

《茶童戏主》 …………………………………………… 1979 年

《挺进中原》 …………………………………………… 1979 年

《飞向太平洋》 …………………………………………… 1980 年

《枫》 …………………………………………… 1980 年

《梅花巾》 …………………………………………… 1980 年

《我国向太平洋发射运载火箭》 ……………… 1981 年

《飞行交响乐》 …………………………………………… 1981 年

《风雨下钟山（上下集）》 …………………… 1982 年

《梅岭星火》 …………………………………………… 1982 年

《天山行》 …………………………………………… 1982 年

《喜鹊岭茶歌》 …………………………………………… 1982 年

主演张勇手小传

张勇手，中国著名电影演员、导演。出生于 1934 年，原名张宗瑞，后改名为张永寿，从事电影工作后正式定名为张勇手。在新中国的电影史上，张勇手的名字和他所塑造的人物让观众感到熟悉而亲切，《英雄虎胆》、《海鹰》、《林海雪原》、《奇袭》，作为 20 世纪五六十年代的银幕军人偶像，他英俊勇武的外形和真诚本色的演出带给千千万万的影迷以心灵的震撼与满足，他的身上有着一种与生俱来的军人气质，其艺术人生的匹配上最浓重的色彩也是军人。

张勇手也是一位独具慧眼的伯乐，20 世纪 70 年代中期他刚刚转当导演时，曾经起用成都军区战旗歌舞团一名普通文艺兵到八一厂和王心刚一起主演电影《南海长城》，使这个名不见经传的年轻女孩子从此踏上她辉煌的影视道路——她的名字，叫刘晓庆。1984 年，他导演的反映红西路军妇女独立团悲壮征程的电影《祁连山的回声》获得文化部当年度优秀影片二等奖，这个影片的女主角当时还不广为人知，但三年以后，她被调入中央电视台，后来成为著名主持人，她就是倪萍。

张勇手参与的电影

《黑山阻击战》	…………………………………	1957 年
《英雄虎胆》	…………………………………	1958 年
《县委书记》	…………………………………	1958 年
《海鹰》	…………………………………	1959 年
《赤峰号》	…………………………………	1959 年
《奇袭》	…………………………………	1960 年
《林海雪原》	…………………………………	1960 年
《哥俩好》	…………………………………	1962 年
《分水岭》	…………………………………	1964 年
《地道战》	…………………………………	1965 年
《打击侵略者》	…………………………………	1965 年
《南征北战》	…………………………………	1974 年
《南海风云》	…………………………………	1976 年
《二泉映月》	…………………………………	1979 年
《啊！摇篮》	…………………………………	1979 年
《飞行交响乐》	…………………………………	1981 年
《彩色的夜》	…………………………………	1982 年
《祁连山的回声》	…………………………………	1984 年
《沉默的冰山》	…………………………………	1986 年
《海之魂》	…………………………………	1997 年
《横空出世》	…………………………………	1999 年
《十月流星雨》	…………………………………	2001 年
《惊涛骇浪》	…………………………………	2003 年
《大爱无垠》	…………………………………	2007 年
《寻找成龙》	…………………………………	2009 年

主演李炎小传

　　李炎，男，1927 年 10 月 12 日生，中国著名电影表演艺术家。1945 年参加冀中军区火线剧社，成为一名专业的演员，参加过《白毛女》、《血泪仇》等话剧演出。全国解放后，先后在华北军区文工团、抗敌话剧团当演员，继续从事话剧表演，演出过《刘胡兰》、《英雄阵地》、《战斗里成长》等。大量的舞台实践，使他积累了丰富经验，表演方面得到迅速提高。曾因扮演的角色独具风格，多次立功受奖。拍摄过《中国人民的胜利》、《智取华山》等几部影片。1958 年调八一厂。1961 年主演了《东进序曲》。1963 年参加《夺印》一片的拍摄，他所塑造的支部书记何文亲切、朴实，洋溢着浓郁的乡土气息，给观众留下了深刻的印象。1964 年在《打击侵略者》一片中成功地塑造了志愿军军长李国栋的形象，这与他在 1951 年随文工团赴朝鲜，参加抗击美帝侵略者的战斗生活有着紧密联系，也与他长期的部队生活经历打下的基础有关。生活中寻找沃土，使他的艺术创作充满活力。1978 年又拍摄了《峥嵘岁月》、《残雪》等影片。进入 20 世纪 90 年代的他依然宝刀不老，在影片《炮兵少校》中饰演了一个退休老干部，将失去儿子的那段戏处理得扣人心弦，成为中国影坛以扮演军队领导干部形象著称的优秀电影演员。

主演张良小传

张良，国家一级导演。原名张庆铸，1933 年出生于辽宁本溪。1948 年参加中国人民解放军，任卫士剧团演员。1949 年随部队至北京，在卫戍师宣传队任演员。1950 年参加中国人民志愿军，在朝鲜前线战地宣传队任演员。1952 年后任华北军区文工团话剧团、沈阳军区抗敌话剧团演员。

1957 年，主演《董存瑞》，1959 年起任八一电影制片厂演员，参演《战上海》、《林海雪原》、《三八线上》、《碧空雄师》、《哥俩好》等影片。影片《董存瑞》在 1957 年的文化部 1949—1955 年优秀影片评奖中获个人一等奖。1956 年在话剧《战斗里成长》中饰演角色，在第一届全国话剧会演中获文化部优秀演员三等奖。1963 年主演影片《哥俩好》，获第二届电影百花奖最佳男演员奖。"文化大革命"后任珠江电影制片厂导演。是中国影协第四、五届理事。

1972 年，张良调珠江电影制片厂，在主演了影片《斗鲨》后改任导演。他执导的《梅花巾》于 1983 年获第七届开罗国际电影节荣誉奖；《雅马哈鱼档》获文化部 1984 年优秀影片奖；《少年犯》于 1986 年获第九届电影百花奖最佳影片奖、广播电影电视部 1985 年优秀影片奖；《特区打工妹》获广播电影电视部 1989—1990 年优秀影片奖。

1992 年享受国务院政府特殊津贴。2005 年国家隆重纪念中国电影百年系列活动中，被国家人事部、广播电影电视总局授予"国家有突出贡献电影艺术家"荣誉称号（全国 50 名）。2010 年获广东省首届文艺终身成就奖。

红色经典电影阅读
Hong Se Jing Dian Dian Ying Yue Du

张良参与的电影

《董存瑞》·· 1957 年

《战上海》·· 1959 年

《三八线上》··· 1960 年

《林海雪原》··· 1960 年

《碧空雄师》··· 1961 年

《革命家庭》··· 1961 年

《哥俩好》·· 1962 年

《家庭问题》··· 1964 年

《斗鲨》·· 1978 年

《挺进中原》··· 1979 年

《梅花巾》·· 1980 年

《回头一笑》··· 1981 年

《雅马哈鱼档》·· 1984 年

《少年犯》·· 1985 年

《破烂王》·· 1987 年

《逃港者》·· 1987 年

《特区打工妹》·· 1990 年

《龙出海》·· 1992 年

《白粉妹》·· 1995 年

主演王孝忠小传

　　王孝忠，著名电影演员，1928 年出生于东北。1942 年，就读于奉天铁路学院电讯专科。1943 年，王孝忠在锦州铁路局供职，1949 年，入伍成为东北军区政治部哈尔滨青年干部教导团学员。同年，王孝忠加入东北军区政治部文工团，后在沈阳军区政治部抗敌话剧团任演员，与后来在电影界享有盛誉的著名演员王心刚、张良、田华、邢吉田等人，都同属一个部队文艺团体。

　　他参演的第一部电影作品，是 1956 年八一电影制片厂的《战斗里成长》，也正是从这部电影处女作开始，他在银幕上的角色开始了长达五十余年的"反派"定型，如《赤峰号》中的敌舰长、《战上海》中的敌参谋长、《打击侵略者》中的伪团长、《回民支队》中的叛乱分子、《突破乌江》中的匪营长、《岸边激浪》中的"大金牙"、《南海长城》中的敌特匪首"王中王"……当然，最令人津津乐道且与方化的《平原游击队》中的日本鬼子松井并驾齐驱的角色，当属王孝忠的一系列日本鬼子形象，像《永不消逝的电波》中的特高科处长中村、《地道战》中的中队长山田、《野火春风斗古城》中的情报顾问多田，还有后来 20 世纪 80 年代初期的《一个美国飞行员》中的宪兵队长坂田等，细数起来这些著名影片中王孝忠的日本鬼子形象，几乎占据了他所有出演角色的二分之一。这些角色虽同属日本鬼子，但定位却各不相同，因为这其中的日本鬼子，既有诡计多端的特务，又有行伍出身的军曹，王孝忠从整体角色的一体化中，又找出了各自角色中的不同表演区域。这主要是得益于他青少年时代人生成长的那一段刻骨铭心的经历。

在"文化大革命"中，王孝忠遭到迫害和批判。"文化大革命"后，王孝忠重获新生，又重新回到离开多年的八一电影制片厂。后来，他又去了广州的珠江电影制片厂。王孝忠在南疆春早的广州，在维系自己后半生的珠影，不但继续延伸着本人努力超脱"脸谱化"的个性表演特色，而且还力争将自己的戏路，朝着喜剧方面发展，如在珠江电影制片厂《皆大欢喜》中主演的王厂长，就是一个实践良机，也是他一辈子擅演反派的大翻身。

王孝忠参与的电影

《战斗里成长》 …………………………………… 1957 年

《永不消逝的电波》 ……………………………… 1958 年

《回民支队》 ……………………………………… 1959 年

《赤峰号》 ………………………………………… 1959 年

《战上海》 ………………………………………… 1959 年

《奇袭》 …………………………………………… 1960 年

《突破乌江》 ……………………………………… 1961 年

《东进序曲》 ……………………………………… 1962 年

《怒潮》 …………………………………………… 1963 年

《野火春风斗古城》 ……………………………… 1963 年

《岸边激浪》 ……………………………………… 1964 年

《打击侵略者》 …………………………………… 1965 年

《地道战》 ………………………………………… 1965 年

《南海长城》 ……………………………………… 1976 年

《不平静的日子》 ………………………………… 1978 年

《一个美国飞行员》 ……………………………… 1980 年

《皆大欢喜》 ……………………………………… 1981 年

《毕升》 …………………………………………… 1981 年

电影背后的故事

1. 导演华纯的战地纪录片经验

本片根据宋之的话剧《保卫和平》改编。影片讲述了我国志愿军和朝鲜人民军协同作战，共同严厉打击侵略者的一次战斗过程，着重表现了战士们英勇顽强战斗、勇于自我牺牲的坚强意志和国际主义精神。本片导演曾赴朝鲜战场拍摄过纪录片，因此能够再现当时的战场环境和战斗气氛，通过对战争场面的真实描绘和对志愿军战士深挚感情的刻画，使影片时代感强，场面真实，画面中充满了战场的硝烟，并使影片始终贯穿着一种高昂的、激动人心的力量。

2. 主演李炎认真的军旅体验

李炎是一个对事业执着追求的人，虽然他有着深厚的生活积累，但他决不放弃任何去体验生活的机会，因为不同地区、不同时代和不同遭遇的人决不会是雷同的。1964 年拍摄《打击侵略者》时，为了更好地完成人物的塑造，他在 67 军与李水清军长一起生活了一个多月，细致地观察着李军长工作和生活的各个侧面。李水清对工作高度负责、指挥若定及对部下亲切关怀的作风，使李炎在塑造人物时得到了极大的启发和借鉴。在影片中，李军长是代表我方作战的灵魂核心人物，戏的分量很重。众所周知，抗美援朝期间，我军与美国军队作战，是以低劣的武器装备去碰撞美帝的钢铁大炮，要想取胜，不但要靠我军指战员勇猛顽强、不怕牺牲的精神，更重要的是靠指挥员精明睿智、高于敌人一筹的作战谋略。实拍时，有一个李军长在考虑下一个战役将如何打的场景，他一个人站在沙盘前自言自语着，根据敌我双方的态势，策划出了一个克敌制胜的大胆部署，即先将一个加强营潜伏到临近敌人阵地的杂草丛中，当战斗一打响，这一营的兵力，将会出其不意如猛虎下山般地冲了出去，将敌人置于死地。这场戏时间拉得很长，李炎表演得投入而动人，既有层次又非常准确，不温不火，耐人寻味，看过戏的人，无不拍手叫绝。